Umschlag: & CO graphikdesign www.und-co.at
unter Verwendung eines Bildes © freeimages/Stephanie Berghaeuser
Satz: AD
Druck: Theiss

MIX
Papier aus verantwortungsvollen Quellen
FSC® C012536
FSC www.fsc.org

ISBN 978-3-85420-965-2

www.droschl.com
Literaturverlag Droschl Stenggstraße 33 A-8043 Graz

Andreas Unterweger

# Das gelbe Buch

Literaturverlag Droschl

*»Wenn man sich vor Augen hält, dass all diese Farben immer schon, seit jeher!, in der Luft waren …
Aber erst, seitdem du da bist, kann ich sie sehen.«*

# I

# Grossvaters Freunde

# (»)Alter Waschbär(«)

Lange blieb ungeklärt, was (oder wer) nachts auf dem Dachboden hauste.

Manche sagten: ein alter Waschbär.
Andere wiederum vermuteten, es sei der Geist eines (un-)toten Indianerhäuptlings namens: »Alter Waschbär«.

Für den alten Waschbären (den wirklichen) sprach, dass es in jener Ebene, in deren Mitte das gelbe Haus lag, viele, ja, *sehr* viele Waschbären gab – mehr sogar, als in dem großen Auwald und an den Böschungen der sieben Flüsse Platz hatten, die von Süden nach Norden durch die Ebene strömten. Indianer hingegen (oder Indianerhäuptlinge) hatte man dort, in der Ebene der sieben Flüsse, deren kleinster und westlichster durch den Garten des gelben Hauses floss, noch nie gesehen.
Andererseits aber sah die Ebene – vor allem westlich des gelben Hauses, dort, wo sie nicht mehr aus Flüssen und Auen, sondern aus weitem, lichtem Grasland bestand – tatsächlich aus wie eine jener Gegenden, die man aus den Indianerbüchern kennt. Und wenn es nachts, nach Mitternacht, mit einem Mal da oben auf dem Dachboden zu rumoren begann, wenn wir im Aufschrecken begriffen, dass zwei, drei Meter über uns etwas sehr Schweres, Pelziges über die strohbedeckten Bretter scharrte, war die Vorstellung eines untoten Indianerhäuptlings, der – schwer behangen mit Waschbärfellen und Waschbärzahnketten – auf ewig schlaflos durch unsere Träume schlurfte, einfach nur nahe, ja, am nächsten liegend – näher liegend jedenfalls als die Vorstellung von irgendetwas (oder -jemandem), das (oder den) es *wirklich* gab.

Das Problem – ob nun ein alter Waschbär oder »Alter Waschbär« nachts auf dem Dachboden hauste – beschäftigte uns einen Herbst, einen Winter, einen Frühling und noch einen Herbst lang (im Sommer beschäftigte uns dieses Problem nicht, da hatten wir andere Sorgen, siehe Seite 11). Schließlich, im zweiten Herbst, nachdem die nächtlichen Dachbodengeräusche begonnen hatten, bot uns jemand (ein Nachbar? ein Besucher? ein Passant?) folgende Erklärung an:
»Was (oder wer) nachts auf dem Dachboden haust«, sagte er (oder sie?), »ist weder ein alter Waschbär (ein wirklicher) noch der Geist eines (un-)toten Indianerhäuptlings namens »Alter Waschbär« – sondern: es ist der Geist eines (un-)toten Indianerhäuptlings namens »Alter Waschbär«, der Nacht für Nacht zurückkehrt in die ewigen Jagdgründe seiner Kindheit – und zwar in Gestalt eines alten Waschbären (eines wirklichen).«

Natürlich war auch das – das war uns klar – ein Märchen.
Trotzdem:

Seither schliefen wir ruhiger.

## »Biber«

In jenem Sommer arbeitete er hart daran, ein richtiger Biber zu werden.

Morgen für Morgen, wenn wir anderen Buben noch schliefen, lief er hinunter zum Fluss, der durch den Garten des gelben Hauses floss, riss sich den Pyjama vom Leib, sprang ins – je nach Wetterlage – baumkronengrüne oder morgensonnenrote Wasser und schwamm, das Köpfchen hoch-, die Schneidezähne rausgestreckt – wie ein richtiger Biber! –, flussaufwärts. Morgen für Morgen tauchte er so – nackt und den Kopf voraus – im Wasser unter, Morgen für Morgen tauchte er so – die nassen Haare an den Kopf geklatscht, Kopf hoch – beim Frühstück auf. Kein Wunder, dass ihn alle Welt – oder zumindest wir (aber wir waren alle Welt in jenem Sommer) – in jenem Sommer nur noch »Biber« nannte.

Nun konnte es aber natürlich so – nackt, nass und jeden Morgen Sommer – nicht weitergehen, zumindest nicht für immer: wie jedes Mal folgte auch dieses Mal auf den Sommer der Herbst. Bald lag der Fluss Morgen für Morgen gelb, gelb wie das gelbe Haus, im Morgennebel, bald trieben gelbe Blätterteppiche den morgennebelgrauen Fluss hinab.
Natürlich ging nun niemand mehr, nicht einmal er, am Morgen baden – und selbstverständlich war nun nicht nur das, sondern auch alles andere plötzlich ganz anders. Nun schlief *er* länger als wir anderen, ließ *er*, wenn er zu spät zum Frühstück kam, den Kopf hängen, hingen *ihm* noch, nicht uns, die Haare ins Gesicht. Tatsächlich war er nun, im Herbst, ein völlig anderer.

Und nur noch seiner Zähne wegen nannte ihn alle Welt (die, wie im Sommer, wir waren): »Biber«.

## Erstes Leid

Es war ein richtig großer Sommer – heiß und mit so vielen Tagen gleißend weißen Sonnenscheins hintereinander, dass wir, die Buben, die wir in jenem Sommer Tag für Tag unten am Fluss und im Fluss baden waren, uns einfach nicht mehr vorstellen konnten, dass es schon bald – und zwar, laut den Kalendern, *sehr* bald – Herbst, und nach dem Herbst dann wieder Winter werden sollte.
»Kannst du dir vorstellen«, fragte ich Biber eines ganz besonders heißen Tages, als wir, Biber und ich und alle anderen, unten am Fluss im Schatten lagen, »kannst du dir vorstellen, Biber, dass es bald – und zwar schon *sehr* bald – Herbst, und nach dem Herbst dann wieder Winter wird?«
»Nein«, antwortete Biber, »nein, das kann ich nicht.«

»Und kannst du dir vorstellen, Biber«, fragte ich Biber dann, nach einer Weile, weiter, »dass wir dann, wenn es Herbst, dann, wenn es wieder Winter ist, nicht mehr hier herunter kommen können, dass wir dann nicht mehr hier unten am Fluss herumliegen können, und dass wir dann auch nicht mehr in den Fluss springen und im Fluss baden können?«
»Nein«, stöhnte Biber, »o Gott, nein« – und dann: weinten wir beide, Biber und ich, und nach einer Weile dann auch alle anderen, weinten und weinten – weil es ja bald schon Herbst, und nach dem Herbst dann wieder Winter sein würde, und weil sich einfach keiner von uns vorzustellen vermochte, wie wir dann – im Herbst, im Winter, dann also, wenn wir *nicht mehr* in den Fluss springen und im Fluss baden können würden – diese tagaus tagein herrschende Hitze, die, wie gesagt, an jenem Sommertag auch noch eine besonders große war, ertragen sollten.

## Zweites Leid
## (»Tomatensauce«)

Damals, in unserer Kindheit – besser gesagt: im gelben Haus – gab es nichts, was wir, die Buben, die wir ja damals so gut wie nichts fürchteten, verabscheuten oder gar hassten, mehr gefürchtet, ja verabscheut, wenn nicht gar gehasst hätten als das, was den folgenden Namen trug:

»Tomatensauce«.

Wann immer Großvater, der vor dem Mittagessen mit dem großen Topf, in dem das Mittagessen war, und mit dem Ausruf: »Mittagessen!« vor das gelbe Haus trat, auf die von allen Seiten an ihn gerichtete Frage »Was gibt es denn heute zum Mittagessen?« die folgende Antwort gab:

»Tomatensauce«,

erhob sich ein großes Geheul – woraufhin die Katze, die, wie jeden Mittag, unter dem Tisch unter der großen Tanne, die im Garten stand, auf für sie abfallende Leckereien wartete, auffauchte und, über den Zaun hinweg, durch das hohe Gras des angrenzenden Apfelhains davon jagte.

»Tomatensauce!«,

brüllten wir, so laut wir konnten, und es schien tatsächlich so, als ob die Katze, die das, was wir ihr sagten, ansonsten nie verstand (siehe Seite 23), nun ausgerechnet dieses eine Wort, das wir von allen Wörtern, die wir ihr sagten, am allerwenigsten leiden konnten, verstanden hätte.

»Tomatensauce«,

murmelte Großvater dann immer nur leise, Kopf schüttelnd und – nachdem der Topf auf dem Tisch unter der Tanne abgestellt war – sich mit der rechten Hand am Hinterkopf kratzend, dort, wo sein graues Haar, das überall sonst noch recht voll war, merklich schütter wurde, »ach,

Tomatensauce …«

»Paradeissauce« hingegen: das war unsere Lieblingsspeise.

# Drittes, viertes, fünftes und sechstes Leid

*Das Missverhältnis zwischen der Einbildung und dem Sachverhalt ertragen: »Ich leide.« Das ist besser als: »Diese Landschaft ist hässlich.«*

Simone Weil

Natürlich wussten wir schon damals – obschon wir damals Kinder waren – über den Unterschied, der zwischen Einbildung und Sachverhalt besteht, Bescheid. Sprich: uns war klar, dass es viel besser (besser gesagt: richtiger [wenn nicht gar: *wahr*]) war, wenn man sagte: »Ich leide« – als wenn man es so ausdrückte: »Dieses Haus« oder »dieser Garten« oder gar »dieses Haus *und* sein Garten (= diese Landschaft) sind hässlich.«

Und so versteht es sich von selbst, dass wir, als man urplötzlich, über Nacht, im Garten nebenan den großen Nussbaum fällte, am Tag danach *nicht* über das Fehlen des Nussbaums klagten – sondern über den Sonnenbrand, der uns, die Buben, die wir in jenem Sommer jeden Nachmittag im Schatten eben jenes Nussbaums unseren täglichen Indianerkriegsrat abzuhalten pflegten, urplötzlich, über Nachmittag, befallen hatte.

Und auch, als man im Garten nebenan zu bauen begann, als einen Monat lang Morgen für Morgen die Lastwagen am gelben Haus vorbei donnerten, die nächste Woche dann den ganzen Tag lang der Kompressor lief, bis schließlich, eines abgesehen davon sonnigen Morgens, ein pinkfarbenes Ungetüm mit Türmchen über die Hecke lugte, sagten wir nichts – nichts außer: »Wir sind müde«, »Wir haben Kopfweh« und schließlich, eines abgesehen davon sonnigen Morgens: »Uns ist speiübel.«

Trotz unserer neuen Leiden (Sonnenbrand, Schlaflosigkeit, Migräne, Gastroenteritis) gingen wir dennoch weiter Tag für Tag, meist gleich nach dem Frühstück (manche, wie Biber, auch schon davor) hinunter zum Fluss und legten uns dort, mit Blick auf seine den Himmel spiegelnden Wasser, in den Schatten. Zwar litten wir auch dort, unter den Weiden, mit Blick auf die am Himmel schwimmenden Kaulquappen, Äschen und Forellen, weiterhin (und unvermindert) an Sonnenbrand, Schlaflosigkeit, Migräne, Gastroenteritis … Aber:

zumindest die Landschaft war schön.

## 1

Einmal im Jahr, am sechsten Dezember, sprich: am Nikolaustag, kam der Nikolaus ins gelbe Haus.

Er, der Nikolaus, hatte Großvaters Stimme, er roch wie Großvater (nach Großvater und Paradeisern), und – das war das Allerverblüffendste! – er sah (bis auf den weißen Rauschebart: aber der war, das sah ein Blinder, nur angeklebt) auch ganz genauso aus wie Großvater.
Wie Großvater war auch der Nikolaus groß, mittelschlank, gebeugt, mit noch recht vollem grauen Haar, das nur am Hinterkopf – da, wo der Nikolaus sich Jahr für Jahr heftig kratzte, während wir ihm erzählten, wie brav wir gewesen waren – merklich schütter wurde.

Tatsächlich unterschied die beiden – Großvater und den Nikolaus – so gut wie nichts: nichts, außer eben jenem (angeklebten) Rauschebart und ihren Namen – der eine hieß »Großvater«, der andere »Nikolaus«.
Hätten wir nicht gewusst, dass es einmal im Jahr, und zwar am sechsten Dezember, sprich: am Nikolaustag, der Nikolaus war, der ins gelbe Haus kam, und nicht Großvater, uns wäre der Unterschied, minimal wie er war, wohl gar nicht erst aufgefallen.

## 2

Schade nur, dass Großvater seinen Doppelgänger nie zu Gesicht bekam.

Er, der ansonsten stets zuhause war, der selbst an den heißesten Sommertagen nicht, und wenn, dann nur unter Geächz, das gelbe Haus oder gar den zum gelben Haus gehörenden Garten verließ, war jedes Jahr wieder just dann, wenn wieder einmal der sechste Dezember, sprich: der Nikolaustag, gekommen war, außer Haus.

Und dabei hätten wir ihm ja den Nikolaus, diesen *Meister der Verkleidung*, dem Jahr für Jahr das Kunststück glückte, sich täuschend echt als »Großvater« zu kostümieren, doch so gern einmal vorgestellt!

## 3

Leider vergeht die Zeit, und wie es eben so geht, mehrten sich mit der Zeit die Stimmen, die behaupteten, all das, was wir, die Kinder, für *wahr* gehalten hatten, sei – *in Wirklichkeit* – ganz anders.
*In Wirklichkeit*, sagten die Stimmen etwa, sei keineswegs der Nikolaus derjenige, der sich als Großvater verkleide – im Gegenteil: *in Wirklichkeit*, hörten wir immer öfter, verkleide sich am Nikolaustag stets der Großvater, »der Großvater«, hieß es, »*ist* der Nikolaus.«

Nun stelle man sich aber unser Staunen vor, als wir erfuhren, dass der Nikolaus, dessen tatsächlich *zu* frappante Ähnlichkeit mit Großvater ja hier, bei uns, im gelben Haus, gar nicht zu leugnen war, nur ein Haus weiter, bei den Türmchens, dem Türmchen-Onkel, einem kleinen dicken Mann mit Glatze, der aussah wie ein Ei, wie ein Ei dem anderen geglichen haben soll!
Diese Information (dass es Großvater möglich war, sich binnen kürzester Zeit in den Türmchen-Onkel zu verwandeln) steigerte unsere Bewunderung für jenen Mann, der hier bei uns, im gelben Haus, das ganze Jahr über brav den Großvater spielte, der aber – *in Wirklichkeit* – jener *Meister der Verkleidung* war, den wir hinter dem Nikolaus seit jeher schon vermutet hatten, ins Unermessliche …

Und so spielten auch wir, die Buben, weiterhin brav mit – und ließen seine, »Großvaters«, *wahre* Identität (sofern man denn bei jemandem wie ihm überhaupt von so etwas wie einer »wahren Identität« sprechen konnte) noch viele Jahre, viele Nikolaustage lang (vorgeblich) unentdeckt.

## Grossvaters Freunde

Wenn wir im Bett waren, kamen Großvaters Freunde.

Es waren sieben, besser gesagt: es mussten sieben sein, denn da wir Buben ja, wenn sie, die Freunde kamen, immer schon in den Betten lagen, hatten wir nie so einen Freund gesehen. Wir sahen immer nur, und das nur durch den schmalen Spalt, den die Schlafzimmertür abends offen blieb, dass Großvater, sobald von uns kein Mucks mehr kam, mit vorsichtigen, leisen Gesten draußen, in der Stube, das Tischlein deckte – und zwar mit sieben Schüsselchen, mit sieben Becherlein, eben so vielen Messerchen und Löffelchen.
Rätselhaft blieb uns, was damit gegessen wurde. Abend für Abend, wenn wir schlafen gingen, hatte Großvater nichts, nicht das Geringste, vorbereitet – geschweige denn: etwas gekocht. Doch scheinbar blieb ihm, bis die Freunde kamen, Zeit. Schließlich kamen sie spät, *sehr* spät – so spät, dass es noch keinem von uns Buben, obwohl wir es uns wirklich jeden Abend vornahmen, jemals gelungen war, so lange aufzubleiben … Und nur mit Schaudern dachten wir daran, wie lange jemand, der zu so später Stunde kam, wohl noch bleiben mochte …

Großvater aber machte das, zumindest allem Anschein nach, nichts aus. Wie lange er auch wach gewesen war, wie viel er auch gekocht, gegessen und – in seinem Alter! – sicherlich auch getrunken hatte: am nächsten Morgen war er wieder – als hätte er die ganze Nacht hindurch geschlafen – putzmunter! Und dabei hatte er, *nach* seiner Party, wie es aussah, auch noch aufgeräumt! Und abgewaschen! Nichts deutete auf jeden

Fall am Morgen, wenn wir in die Stube getrippelt kamen, auf nächtliche Besucher hin.
Da war Großvaters Schaukelstuhl, darauf: die Morgenzeitung. Daneben, auf dem Fensterbrett: die Tasse Herzkrauttee. Der Tisch, die Sesselchen: wie unverrückt. Unsere Becherlein: als hätte niemals jemand anderer als wir daraus getrunken. Das Brotkörbchen war da. Die Kanne Malzkaffee. Und in den Schüsselchen, die auf dem Tisch bereit standen, dampfte schon – so gelb wie heißes Apfelmus, so gelb wie Haferflocken und so gelb wie Honig – unser Frühstück.

# »Kuckuck! Kuckuck!«

## 1

Als ob die Lage nicht schon kompliziert genug gewesen wäre, fing Großvater auch noch an, uns aus *Winnetou* vorzulesen. Von da an (es war gegen Ende des Winters) konnten wir uns bei nichts mehr sicher sein.

So konnten wir uns etwa nicht mehr sicher sein, ob wir, wenn wir im Auwald einen Kuckuck rufen hörten, tatsächlich einen Kuckuck rufen hörten – oder ob es nicht doch ein Indianer war (ob ein Apatsche oder ein Komantsche, ließen wir vorerst einmal außen vor), der sich im Unterholz versteckt hielt und den Ruf eines Kuckucks nur nachahmte …

Immer öfter gerieten wir uns wegen dieser Frage (Kuckuck oder Indianer?) in die Haare – und als dann Biber eines Morgens, während wir eben wieder einmal gespannt dem »Kuckuck! Kuckuck!« aus dem Auwald lauschten, die Vermutung äußerte, es könne sich bei dem, der hier »Kuckuck! Kuckuck!« rufe, im Grunde ja genau so gut um einen Kuckuck handeln, der den Schrei eines Indianers, der einen Kuckuck nachahmt, nachahme, waren wir endgültig verloren …

## 2

»Klarer Fall«, sagte Großvater, den wir, wie immer bei *prinzipiell unentscheidbaren Fragen* wie dieser, schleunigst herbei geholt hatten, »*glas*klarer Fall: der, der hier ›Kuckuck! Kuckuck!‹ ruft, ist zweifellos ein – Indianer!«
Wir erstarrten vor Schreck. Dann sprangen einige von uns Richtung Haustür, andere klammerten sich, so fest es nur ging, an Großvaters Hose. »Großvater«, stammelte ich in seine Hosentasche – doch noch bevor ich in Erfahrung bringen konnte, ob es sich bei dem Indianer um einen Apatschen oder gar um einen Komantschen handelte, fragte schon Biber, der, wie so oft, als erster von uns allen den Mund aufmachte: »Und was will der Indianer uns mit seinem ›Kuckuck! Kuckuck!‹ sagen?«
»Er sagt«, antwortete Großvater, während er seine Hose wieder ein Stück hinauf zog, »dass der Frühling da ist.«

Woraus einmal mehr hervorgeht, dass man, solange man einen Großvater hat, nie, *niemals*, wirklich »endgültig verloren« ist.

# Katzensprache
## ([»[›]]Mia[[‹]«])

### 1

Nachdem die Katze ins gelbe Haus gekommen war, stellten wir ihr den Garten vor.

Wir stellten sie der großen Tanne vor, unter der wir damals, im Sommer, Tag für Tag zu Mittag aßen, stellten sie vor den Schmetterlingsbaum und den Rosenhag. Wir zeigten ihr die Erdäpfel- und die Kartoffel-, die Melanzani- und die Auberginen-, die Paradeiser- und die Tomatenstauden – kurz: in kürzester Zeit sah sie, die Katze, alles, woran (jetzt einmal abgesehen von ihr) unser, der Buben, ganzes Herz hing.

Aber: obwohl wir uns so große Mühe gaben, laut und, vor allem, *deutlich* zu sprechen (schließlich sprach die Katze ja, wie jede Katze, nur die Katzensprache), schien die Katze nicht ganz zu begreifen … Ja, selbst als wir damit begannen, auf jedes einzelne Blatt, jeden Grashalm, den wir der Katze näherbringen wollten, *mit dem Finger zu zeigen*, schaute sie lange Zeit völlig verständnislos.

Am Ende aber, immerhin, leckte sie dann an Bibers Fingerspitze.

## 2

Wir zeigten auf die große Tanne, und die Katze sagte: »Mia«, wir zeigten auf den Tisch unter der Tanne, und sie sagte: »Mia«, und auch als wir auf die Bank neben dem Tisch, den Topf auf dem Tisch und die Tannennadeln im Topf auf dem Tisch unter der Tanne zeigten, sagte die Katze wiederum nichts anderes als dies – sie sagte: »Mia«.

»Eine primitive Sprache«, sagten wir uns – dann, etwas später, als wir auf eben jener Bank, an eben jenem Tisch unter der großen Tanne eben beim Mittagessen saßen (es gab Tomatensauce mit Tannennadeln) –, »sie kennt nur ein einziges Wort für so viele verschiedene Dinge (Tanne, Tisch, Topf, Tannennadeln ...) – das Wort lautet: ›Mia‹.«

Großvater aber, der, wie jeden Mittag, mit uns am Tisch unter der Tanne saß, hatte uns zugehört. Und während er noch aus dem Topf Tomatensauce mit Tannennadeln auf all die Teller auf dem Tisch verteilte, klärte er uns darüber auf, dass das Wort »Mia« in der Katzensprache – »jedenfalls«, wie er, gerade einen ganzen Tannenzweig aus dem Topf mit Tomatensauce fischend, sagte, »allem Anschein nach« – *mit dem Finger zeigen* bedeutet.

## 3

Die Katze hieß »Mia« – doch das tut nichts zur Sache. Beachtenswert war letztlich nur, dass wir, die Buben, ihr, der Katze, – durch »jahrelanges, beinhartes Sprachtraining«, wie Biber allerorts versicherte – beigebracht hatten, ihren Namen zu sagen.

## Wahre Grösse
## (Die Tanne)

Unsere Tanne war die größte im Dorf.

Dies ließ sich leicht von außerhalb des Dorfs, zum Beispiel von den Grashügeln im Westen aus, erkennen.
Leicht nach Süden geneigt (wegen des Nordwinds), überragte die Tanne nicht nur die Giebel der Häuser, den Kirchturm und die anderen Bäume des Dorfes bei weitem – nein: sie war auch, jedenfalls von hier draußen betrachtet, der größte Baum weit und breit, höher noch als die Wipfel des Auwalds, die sich hinter unserer Tanne, hinter unserem Dorf und all seinen Giebeln und Türmchen finster abzeichneten.

Wie hoch unsere Tanne aber *wirklich* war – besser gesagt: ihre *wahre* Größe –, erkannte man erst dann, wenn man sich (wie wir, die Buben, die wir in jenem Sommer eben dort, unter der großen Tanne, Mittag für Mittag unseren Mittagsschlaf zu halten pflegten) ins Moos unter die Tanne legte und nach oben sah.
Es war ein unfehlbares Einschlafspiel, die Tannenzweige zu zählen, die vom Stamm rings in alle Richtungen ausluden. Noch lange, *sehr* lange, bevor man etwa jenen Zweig, an dem das Vogelhäuschen angebunden war, mit den Augen erreicht hatte, schlief man gewiss schon tief und fest – und dabei hing das Vogelhäuschen ja, sonst hätte Großvater es auch kaum befestigen können, an einem der untersten Zweige der Tanne.
Über dem Vogelhäuschen, sprich: über den Zweigen, die Großvater, groß wie er war, mit seinen Fingerspitzen gerade noch erreichen konnte, wohnte ein Eichhörnchen. Über dem

Eichhörnchen, das uns an manchen Tagen, wenn wir beim Mittagessen saßen, mit angeknabberten Tannenzapfen bewarf, wohnte ein Volk von Vögeln. Und über den Vögeln, die wir, wenn wir unter der Tanne, im Moos, zum Mittagsschlaf bereit lagen, zwar singen hören, aber nicht mehr mit freiem Auge ausmachen konnten, herrschte ewiger Nebel – ein Nebel aus immer kleiner und kleiner werdenden Tannenzweigen, Tannenzapfen und -nadeln, tief wie das Meer, dicht wie die Milchstraße, aber eben nicht meeresblau, nicht milchig weiß, sondern tannengrün. Wer dort oben noch alles wohnen mochte, das wusste niemand.

Tatsächlich war unsere Tanne, zumindest aus dieser, unserer Mittagsschlaf-Perspektive betrachtet, nicht nur die größte im Dorf, sondern selbst ein Dorf – ja, mehr als das: sie war eine Stadt, ein Land, ein Planet, war ihr eigenes tannengrünes Universum …
So gesehen war unsere Tanne die größte der Welt – nein: sie war größer als diese.

## (»)Die Tanne(«)
## (Ein Traum)

Biber träumte:

Die Tanne, unter der Biber seinen Mittagsschlaf hielt, war ein freundlicher Riese. Wie alle freundlichen Riesen wusste auch dieser (sein Name war tatsächlich: »die Tanne«) auf alle Fragen, wichtig oder nicht, die richtige Antwort.
»Wie oft«, fragte der träumende Biber (»)die Tanne(«), »müssen wir denn noch Tomatensauce essen – bevor es endlich, endlich Paradeissauce gibt?«
»So viele Tage«, antwortete der Riese, dessen Stimme, wie Biber uns später erzählte, jener von Großvater erstaunlich ähnlich war, »so viele Tage«, hörte Biber also Großvater in Gestalt der riesengroßen Tanne sagen, »wie ich, ›die Tanne‹, Tannennadeln habe.«

Entzückt von dieser Antwort erwachte er.

## Musik
## (»Die Tanne«)

»Die Tanne« lehrte uns Gelassenheit. Nichts konnte sie – besser gesagt: *ihn* – aus der Ruhe bringen.

Dass die Wespen ein Nest in seinem stacheligen, beinahe bodenlangen Rauschebart bauten – störte ihn nicht. Dass die Katze ihre Krallen an seinen Schienbeinen wetzte – es kratzte ihn nicht. Ja, nicht einmal, dass die Ameisen – deren hauchzartes Trippeln auf der Haut jeden von uns, selbst Biber, der nur selten schmunzelte, zum Kichern, ja, zum Kreischen brachte – dass diese unerträglich leichten Wesen also, Tag für Tag, Sommer für Sommer, zu Tausenden erst über Tannes fest in der gelben Gartenerde verwurzelten Füße, dann seine rissigen, harzigen Beine hoch und danach noch bis über seine Knie wer weiß wohin unter seinen so dichten tannendunklen Kittel krabbelten – nicht einmal das: schien ihn, den freundlichen Riesen in unserem Garten, zu kitzeln.

Nur in der Zeit der großen Stürme, im Winter, wenn der Nordwind, der – wohl um Väterchen Frosts schwer mit Geschenken beladene Wolkenkogge so schnell wie nur möglich zu uns Buben zu blasen – Tag und Nacht über die Ebene hinwegpeitschte … Nur dann, wenn der Sturm ums Haus heulte; wenn Großvaters gelbe Gießkanne scheppernd durch den Garten flog; wenn die Zweige der anderen Bäume, die Zweige der Pappeln, Birken und Weiden, die auf dem anderen Ufer des Flusses, auf der dem gelben Haus und seinem Garten gegenüberliegenden Seite, standen, im Nordwind auf und ab, und hin und her, und dann doch immer wieder ganz zu sich zurück, in ihre Mitte, schwangen – wie Saiten … Nur dann also, wenn der Winter Musik machte …

… wiegte »die Tanne« sein mächtiges Haupt im Takte der Böen – und brummte leise, tief, in Riesensprache, mit.

# Paradeissauce

»Wenn man einem im Wind schwankenden Baum«, sagte Großvater, als er den Topf auf den Tisch unter der großen Tanne stellte, »nur lange genug zusieht, dann« – und dabei hob er (»langsam, ganz langsam«, wie er zu sagen pflegte) den Deckel vom Topf – »wird alles gut.«

# Die Glocken von Hoboken
oder
# Der Palast des Biberkönigs

# Hoboken

Das Dorf trug den seltsamen Namen »Hoboken«, und seltsam wie sein Name waren auch die Geschichten, die man sich von Hoboken, dem Dorf am Rande des Auwalds, erzählte.

So ging etwa die Mär (sagten zumindest die beiden Mädchen unserer neuen Nachbarn, der Türmchens), dass niemand, nicht einmal die Hobokener selbst, jemals in Hoboken gewesen sei. Hoboken sei unerreichbar, sagten die Mädchen, es existiere nur am Horizont – als Trugbild, sagten sie, als eine Art Fata Morgana oder, was wüssten sie, als Geist von einem Dorf.

Selbst wenn man geradewegs auf Hoboken zufahre, sagten sie: man käme einfach nicht und nicht ins Dorf hinein – sondern sähe es immer nur, mit seinen Dächern, mit seinem Kirchturm und seinem Getreidesilo, in der Ferne liegen: anfangs noch *vor* sich, später dann *neben* sich und am Ende, so sehr man sich auch wundern möge, plötzlich *hinter* sich.

Großvater, den wir selbstredend, rätselhaft wie uns diese Sache schien, schleunigst damit konfrontiert hatten, erklärte uns das »Hobokener Phänomen«, wie er es nannte, mit einem städtebaulichen Vortrag.

Hoboken, sagte er, sei von seinem Gründer (siehe Seite 37), nach einem ausgeklügelten, womöglich idealen Flächenwidmungsplan angelegt worden. Jedes einzelne Haus, sagte er, befinde sich in so großer Entfernung zu den anderen, dass für das menschliche Auge der Eindruck entstehe, die anderen Häuser würden eine gemeinsame Masse bilden, der eigene Standpunkt aber sei isoliert.

In Wahrheit, so Großvater, handle es sich dabei um nichts weiter als eine optische Täuschung – in Wahrheit seien *alle* Hobokener Häuser *gleich weit* voneinander entfernt (beziehungsweise: *gleich nah* beieinander). »Tatsächlich«, schloss er, »ist also jedes einzelne Haus in Hoboken, so abgeschieden und ruhig es auch dazuliegen scheint, wohl aufgehoben in einem größeren Ganzen … Auf diese Art und Weise bleibt jeder Bewohner Hobokens für sich – und doch ist keiner allein.«

»Schade«, seufzte Biber, nachdem sich Großvater wieder der Gartenarbeit zugewandt hatte und nur noch wir Buben am Flussufer saßen, »schade … In so einem Dorf wie Hoboken möchte ich auch gerne leben …«

»Ja«, seufzte ich, und »ja«, seufzten auch alle anderen – und voller Sehnsucht blickten wir, die wir weitab vom Schuss, in der Auwieseneinsamkeit des gelben Hauses wohnten, über die Sonnenblumen-, die Raps- und die Weizenfelder hinweg Richtung Süden, wo sich die Skyline von Hoboken, die Dächer, der Kirchturm und der Getreidesilo von Hoboken vor dem unendlichen, dem allumfassenden Blau des abendlichen Auwalds milchstraßengelb abzeichneten …

# »Hoboken«

»Hoboken« hieß das Zauberwort, von dem wir uns die Erfüllung unserer Wünsche erhofften – und wenn es stimmte, was man sich von Hobokenesisch, der Sprache der Hobokener, erzählte, so wechselte man in Hoboken, dem sagenumwitterten Dorf am Rande des Auwalds, nie etwas anderes als Zauberworte: es hieß, man kenne in Hoboken, *unschuldig*, wie das Dorf dank seiner einmalig abgeschiedenen Lage geblieben war, noch keinen Unterschied zwischen *Sache* und *Sprache* – sprich: zumindest dort, in Hoboken, hieß es, seien die Dinge, für die man Worte kannte, und die Worte, mit denen man Dinge bezeichnete, noch ein und dasselbe.

Dort, in Hoboken, hieß es, hause man noch in der Sprache (beziehungsweise in dem Wort für »Haus«), man bade noch in ihr (im Wort für »Fluss«), man wärme sich an ihr (am Wort für »Feuer«), und wenn man hungrig sei, so hieß es, dann könne man das Wort für »Paradeissauce« auslöffeln wie einen Topf voll Paradeissauce – vorausgesetzt, man kenne auch das Wort für »Löffel«. – Tatsächlich, hieß es, sagten die Hobokener, unschuldig wie sie es noch waren, immer die Wahrheit – und eben *weil* sie immer nur nichts als die Wahrheit sagten, werde auch alles, was sie sagten, *wahr* – nein, mehr als wahr, es werde: *wirklich*.

Selbstredend kannten wir, die Buben aus dem gelben Haus, kaum dass wir von der Zaubermacht des Hobokenesischen erfahren hatten, keinen anderen Wunsch mehr als den, diese Sprache zu beherrschen. Zu diesem Zweck studierten wir das Idiom der Katze (siehe Seite 23 f.), aus diesem Grunde suchten wir, in (nachmit-)täglichen Meditationen, Kontakt zu dem freundlichen Riesen »die Tanne« (siehe Seite 28), hierfür allein machten wir uns auf die Suche nach dem Biberkönig (siehe Seite 143 ff.) – jedoch vergebens: wie Hoboken, das Dorf, blieb auch Hobokenesisch, die Sprache, für uns ein ebenso herrlicher wie unmöglicher Traum.

Schließlich war es einmal mehr Großvater, der uns errettete: »Vielleicht«, sagte er eines Sommermittags, als wir eben aufs Neue verbissen versuchten, kraft des richtigen Wortes einen Topf voll Paradeissauce herbeizuzaubern, »vielleicht solltet ihr euch einfach weniger wünschen ...« – Und wirklich: gleich nach dem Mittagsschlaf war es Biber, der als erster von uns sein allererstes Wort Hobokenesisch sprach – sprich: der als erster von uns *wahr*, ja, sogar *wirklich* werden lassen konnte, was er sich – in jenem einen Augenblick, satt, ausgeschlafen und noch nass vom Baden im Fluss am Flussufer sitzend – am allersehnlichsten wünschte:

»Nichts.«

# Der erste Hobokener

## 1

Es hieß, der erste Hobokener sei ein Maler gewesen – und zwar der (zumindest – und vielleicht nicht nur – damals) beste Maler der Welt und, hätte er sich nicht schon jung zurückgezogen, wohl auch ihr berühmtester.
Tatsächlich habe dieser Maler derart hervorragend gemalt, erzählte man, dass zwischen dem, was er gemalt, und dem, was seinen Gemälden als Motiv gedient hatte, nicht nur kein Unterschied mehr festzustellen war – nein: seine Bilder seien sogar derart traumhaft schön gewesen, dass im Vergleich dazu die Wirklichkeit, die er doch, in Wahrheit, bloß abgemalt hatte, wie eine schlechte Kopie gewirkt habe … Kein Wunder, sagte man, dass dieser große Künstler, einsam, wie er sich mit seinem einzigartigen Talent auf unserem Planeten gefühlt haben musste, den peinlich unvollkommenen Nachahmungen seines eigenen Werks, von denen er sich rings umzingelt sah, schon bald den Rücken zugewandt – und sich ganz in die neue und bessere Welt seiner Bilder, in der alles *schöner, einfacher, tröstender* war, geflüchtet habe.
Diese Welt, so hieß es, sei Hoboken.

## 2

Hartnäckig hielt sich ferner das Gerücht, dass der erste Hobokener auf seinem Weg nach Hoboken auch an unserem, dem gelben Haus vorbeigekommen sei – und dort (besser gesagt: *hier*, bei uns), gemeinsam mit *unserem* Großvater, einen ganzen Topf Paradeissauce leer gelöffelt habe. Als Gegenleistung für die Bewirtung, so wurde gemunkelt, habe der Maler dann, nach dem Essen (beziehungsweise: nach dem Mittagsschlaf), für Großvater ein Bild gemalt.

Dieses Bild, sagte man, zeige das gelbe Haus, zeige es mitsamt Fluss und Garten, mitsamt der großen Tanne im Garten und, am Tisch unter der Tanne, Großvater inmitten einer Schar kleiner Buben, die uns (die wir damals freilich noch ziemlich klein gewesen sein mussten) verblüffend ähnlich sähen. Wenn man genau hinschaue, hieß es, könne man zwischen den bloßen Füßen der Buben eine kleine Katze, und wenn man *ganz* genau hinschaue, zwischen den Pfoten dieser Katze eine noch kleinere Maus (deren winziger Schatten, doch das ist wohl ein Märchen, entfernt an einen Waschbären, und zwar einen ziemlich alten, erinnere) erkennen.

Wo im gelben Haus sich aber dieses gewiss sehr schöne Bild befinden sollte – beziehungsweise: wo Großvater es vor uns, die wir noch jedes noch so schöne Bild im gelben Haus mit unseren aus Flusswasser und Schlamm gemischten Wasserfarben entscheidend *verschönert* hatten, versteckt hielt –, das: wusste niemand.

In Hoboken herrschte eine andere Zeit. Eine andere jedenfalls als bei uns im Dorf. Mittag für Mittag, wenn unsere Mittagsglocken läuteten, dauerte es – wie Biber mit Großvaters Uhr gemessen hatte – »exakt zwei Minuten und dreißig Sekunden«, bevor der Hobokener Kirchturm mit *seinem* Mittagsläuten antwortete.
Dreimal am Tag (um sechs Uhr morgens, zwölf Uhr mittags und um sechs Uhr abends) läuteten bei uns im Dorf die Glocken – dreimal am Tag antworteten die Glocken von Hoboken mit exakt zwei Minuten und dreißig Sekunden Verspätung.

»Auf diese Art und Weise«, rechnete Biber eines Mittags vor, »dauert ein Tag in Hoboken um sage und schreibe *siebeneinhalb Minuten* länger als ein Tag hier, bei uns im Dorf. Das macht«, rechnete er weiter, »eine um *zweiundfünfzigeinhalb Minuten* längere Woche … Einen um *zweihundertzehn Minuten* längeren Monat! Und …«
Sein Redefluss stockte – seine Finger aber hörten nicht auf, die Kugeln auf dem Rechenbrett fieberhaft hin und her zu schnippen …

»Meine Herren«, fuhr er schließlich fort – während von ferne, vom blauen Auwald her das Glockenläuten von Hoboken zart, leise und verwaschen, wie ein Echo, über die Auwiesen und Felder schwebte –, »meine Herren, ich mache es kurz: wie meine Berechnungen ergeben haben, ist dort, in Hoboken« – und dabei vollzog seine Hand eine Geste, in der *alles* war, alles, was jemand aus unserem Dorf einem Ort wie Hoboken, dem Dorf am Rande des Auwalds, entgegenbringen konnte: Sehnsucht *und* Skepsis, Freude *und* Neid, Verzweiflung *und* Hoffnung *zugleich* – »ist dort«, sagte Biber also, »die schönste Zeit des Jahres, der Sommer, um *elfdreiviertel Stunden*! – das heißt: um *einen ganzen Badetag*!, sprich«, murmelte er, am Ende nicht nur seiner Rede angelangt, leise, »um *eine halbe Ewigkeit*! – länger als hier …«

# Der Palast des Biberkönigs

Biber, wer sonst, brachte die Rede auf den Biberkönig. Der Biberkönig, heiße es, sagte er – ohne uns seine Quellen zu verraten –, lebe (wo sonst als) in Hoboken, mitten am Hauptplatz von Hoboken, in einer Biberburg, so Biber, die an die hundert Schritte breit, rund fünfzig Schritte lang und wohl vierzig Schritte hoch sei – »*Biber*schritte«, sagte er, »versteht sich …

Ausgehend davon«, fuhr Biber, über sein Rechenbrett gebeugt, fort, »wie Biber *gehen* (sie machen *sehr* kleine Schritte), ergibt sich aus diesen Angaben: ein Grundriss von: siebzig mal fünfunddreißig Ellen (*Buben*ellen); sprich: fünfzig mal fünfundzwanzig Fuß (von Großvater); »kurz: der Palast des Biberkönigs«, schloss er erfreut, »ist ungefähr so groß wie unser Haus.

Und nicht anders als dieses«, fügte er, verträumt in die Ferne blickend, hinzu, »ist er (so *heißt* es zumindest) in sonnigem Gelb, *der königlichen Farbe*«, wie er stolz betonte, »angemalt.«

# Wildschweine!
oder
Ein Schwein

(Ein Märchen)

# Wildschweine!

Tage-, ja, wochen-, vielleicht sogar monatelang, erzählte unser Besuch, der Waldläufer, könne man durch die Auwälder streifen, ohne je einem Wildschwein – ob nun einem Keiler oder, was schlimmer sei, einer Bache – zu begegnen.
»Hasen«, sagte er, »Hasen, das *ja*« – die liefen einem oft über den Weg ... Und öfter noch Rehe – Rehe, die »wie ein schöner Traum im ewigen Dahindämmern des Waldes« (so drückte der Waldläufer sich aus) zwischen den Stämmen hindurch schwebten ... Und selbstredend Amseln, sagte er, Amseln und andere winzige Waldvögel, die allerorten und laut, »wie viel größere, schwerere Wesen« im Laub raschelten ... »Wildschweine aber«, so der Waldläufer, »Wildschweine«, sagte er, »Wildschweine: *nein.*«

Doch wenn man *nur einmal* – fuhr er, nach einem tiefen Schluck aus dem Krug mit Apfelsaft, den Großvater vor ihn hingestellt hatte, fort –, *ein einziges Mal* miterlebt habe, wie es sei, wenn sich ein Wildschwein – ob nun erzürnt oder, was schlimmer sei, erschrocken – urplötzlich, aus dem Nichts, einen halben Schritt neben einem grunzknurrend aus dem Buschwerk wühlte; wenn man *nur einmal* gesehen habe (und sei es auch nur aus den Augenwinkeln), wie *groß* ein solches Tier *tatsächlich* sei, sprich: zu welcher Riesenhaftigkeit es sich, obschon im Grunde ja im Schlamm, in Erdlöchern heimisch, aufbäumen, ja, auf*türmen* könne; wenn man *nur einmal, ein einziges Mal* diesen heißkalten Schreck in den Gliedern gespürt habe – *dann* ...
Ja, *dann*, sagte der Waldläufer, den Krug, nun leer geschlürft, zurück auf den Tisch stellend, *dann* seien sie, die Wildschwei-

ne, mit einem Mal *überall*: hinter den Brennholzstapeln und hinter dem modernden Totholz, hinter der nächsten Wegbiegung dort und da, hinter dem Baumstamm, in den Büschen am Wegrand und hier, in den Farnen, »ja, unter jedem einzelnen welken Blatt auf dem Waldboden«, sagte der Waldläufer, während er sich mit dem Ärmel über den Mund wischte, »unter jedem einzelnen, und noch unter dem winzigsten Blatt«, sagte er, meine man dann, kauere, lauere schon das nächste riesige Wildschwein – ob nun ein wütender Keiler oder, was *noch* schlimmer sei, eine in nackter Angst Amok laufende Bache! – zum Grunzen, zum Sprung, zur Attacke bereit.

Wochen, ja, Monate, so der Waldläufer (der mittlerweile aus dem Topf, den Großvater aus der Küche gebracht hatte, Tomatensauce löffelte), habe der größte Jäger, den der Auwald jemals gesehen hatte, damit verbracht, die ebenso scheuen wie schlauen hiesigen Wildschweine, die bislang noch jedem Jäger, und wenn er sich noch so geschickt angestellt habe, entwischt seien, an sich zu gewöhnen.
»Der Mann lebte im Wald«, sagte der Waldläufer mit vollem Mund, »er wusch sich nicht, wechselte seine Kleider nicht, ja, er ernährte sich, wie seine – wie er damals noch dachte – ›zukünftigen Opfer‹, ausschließlich von Wurzeln, Würmern und anderen Früchten des Waldes – die er selbstredend«, schmatzte der Waldläufer, »wie sie, die Wildschweine, mit seiner mehr und mehr borstigen Schnauze aus dem Waldbodenschlamm wühlte …«

Und tatsächlich: eines Tages, so tönte es aus des Waldläufers tomatensauceverschmiertem Bart, eines Tages sei es dann endlich so weit gewesen. Ein Wildschwein – ob nun ein Keiler oder eine Bache, sei nicht überliefert – sei (»langsam, ganz langsam«) aus dem Dunkel des Auwalds getreten, es habe sich (»vorsichtig«) jenem als Wildschwein verkleideten Jäger genähert und ihn, der zur Begrüßung ein Grunzen nachmachte, nach gründlichem Beschnuppern sämtlicher Körperregionen (»höflich, ja, freundlich«) mit dem Rüssel angestupst.
Andere Wildschweine seien bald gefolgt: erst nur die ausgewachsenen Bachen und Keiler, dann die Jungtiere, schließlich die Frischlinge – bis sich am Ende die gesamte Rotte um den Jäger gedrängt und ihn, das »Schaf im Wolfspelz«, wenn man

so wolle, spuckte der Waldläufer, als neues, vollwertiges Mitglied ihrer kleinen Gemeinschaft akzeptiert habe.

Das Täuschungsmanöver des Jägers, fuhr der Waldläufer – der die Serviette, die Großvater ihm beharrlich vor die Nase hielt, noch beharrlicher ignorierte – fort, das Täuschungsmanöver sei also vollauf gelungen …

Ja, wie sich herausstellen sollte, sogar noch *mehr* als das: tatsächlich habe die Wildschwein-Imitation des Jägers so überaus echt gewirkt, sagte der Waldläufer (während er die letzten Reste Tomatensauce – mit den Fingern – aus dem Topf kratzte), dass nicht nur die Wildschweine, wie scheu und schlau sie auch gewesen sein mochten, sie nicht als solche erkannt hätten – nein: sie sei sogar derart exzellent gewesen, meinte der Waldläufer, dabei seine Finger, einen nach dem anderen, geräuschvoll ableckend, derart exzellent, sabberte er, dass sie mit der Zeit auch ihn, den Verkleideten *selbst*, überzeugt habe!

Als hätte es für ihn sonst nichts zu tun gegeben, schnaufte der Waldläufer, vom raschen Essen völlig außer Atem, habe der ehemalige Jäger von nun an Tag für Tag von früh bis spät den Waldboden durchwühlt … Als hätte er niemals etwas anderes vorgehabt, ächzte der Waldläufer (sich die von Speichel und Sauce triefenden Hände an seinem Poncho abwischend), sei er grunzpfeifend mit seinen Wildschweinfreunden durch den Wald gelaufen, habe er sich, keuchte der Waldläufer, mit ihnen im Schlamm gesuhlt und abends, müde vom abenteuerlichen Einerlei des Auwaldalltags, hustete der Waldläufer, habe sich dieser verirrte Mann sodann in eine der Kuhlen, zu seiner Wildschweinfrau, gekuschelt …

»Er hatte vergessen«, rülpste der Waldläufer, »weshalb er gekommen war (um zu jagen), er hatte vergessen«, stieß er auf, »was er war (Jäger) – ja, er vergaß«, röhrte er weiter, »dass es überhaupt so etwas wie Jäger gab – davon, dass diese Wildschweine jagten,« – Bäuerchen, Bäuerchen … – »Wildschweine wie ihn, ganz zu schweigen …

Und so«, grunzte der Waldläufer, nun endlich, wie es schien, satt und zufrieden, »kam es dann auch zu dem Unglück.«

## Ein Märchen

1

»Alles, was man sich *außerhalb* des Waldes über die Dinge *im* Wald erzählt«, erzählte der Waldläufer, »ist ein Märchen ... So heißt es etwa«, sagte er, »dass jeder, der sich *zu* lange im Wald aufhält, den Verstand verliert ...«

»So heißt das Märchen?«, unterbrach ihn Biber. »Es heißt tatsächlich: ›Etwa, dass jeder, der sich *zu* lange im Wald aufhält, den Verstand verliert ...‹?«

»Nein«, antwortete der Waldläufer etwas ungehalten, »*so* heißt das Märchen, das ich erzählen will, natürlich nicht. *So* – ›Etwa, dass jeder, der sich *zu* lange im Wald aufhält, den Verstand verliert ...‹ – heißt ja noch nicht einmal«, sagte er, »sein Name ...

Tatsächlich heißt der Name des Märchens«, fuhr der Waldläufer – mit urplötzlich rau gewordener Stimme – fort, »›Ganz anders‹ ... Und das Märchen selbst«, krächzte er, »heißt: ›Auch nicht so‹ ... Und deshalb nennen manche es«, hüstelte er, »›Auch‹ – aber so wird es, wie gesagt, nur genannt ... In Wirklichkeit«, so schnarrte es aus des Waldläufers belegter Kehle, »ist das Märchen, das ich euch erzählen werde, ›Eine wahre Geschichte‹ – und wie ihr wahrscheinlich ja schon längst vermutet habt«, ächzte er, »habe ich, der Waldläufer, mir das alles ganz allein – ganz, ganz allein im Wald –«, stöhnte er nachdenklich, »ausgedacht ...«

## 2

»Es heißt«, sagte der Waldläufer, »dass die Dinge im Wald ihre Namen verlieren ... Doch auch das ist ein Märchen. In Wirklichkeit«, sagte er, »heißen die Dinge *im* Wald ganz gleich wie die Dinge *außerhalb* des Waldes: Schatten bleibt ›Schatten‹«, sagte er, »und Baum bleibt ›Baum‹ ...

Da aber hinter jedem Baum ein Wildschwein lauert (oder zumindest lauern *kann* – aber so spitzfindig sind wir im Auwald nicht ...) – da also hinter jedem Baum ein Wildschwein lauert«, sagte der Waldläufer – urplötzlich mit gedämpfter Stimme –, »kann man zu einem Baum im Wald auch ›Wildschwein‹ sagen ... Und selbiges gilt«, murmelte er, »selbiges gilt selbstverständlich auch für den Schatten, besser gesagt«, tuschelte er, »für die Finsternis, in der das Wildschwein kauert – wir nennen sie«, flüsterte er, »›Wildschwein‹ ...

Ganz zu schweigen vom Laub«, raunte er, »in dem es immerzu raschelt ... Alles, was im Wald im Laub raschelt«, zischte er, »heißt ›Wildschwein‹ ... Das Laub heißt ›Wildschwein‹«, fispelte er, »und das Rascheln heißt ›Wildschwein‹ ... Hier draußen mag es ›Amsel‹ heißen«, wisperte er, »aber dort, im Wald«, hauchte er, »heißt es: ›Wildschwein‹ ...

Schschscht«, machte er, »Vorsicht: da fliegt eins ...«

# 3

»Es war einmal ein Wildschwein«, erzählte der Waldläufer, »das hatte sich – ganz, ganz allein im Wildschwein, wie es war – zwischen den vielen schwarzen, *wildschwein*großen Wildschweinen, die es Wildschwein für Wildschwein umgaben, verlaufen …

Wie ihr ja vielleicht wisst, ihr lieben Wildschweine«, erklärte er, »sehen sich all die Wildschweine im Wildschwein *sehr*, ja sogar *zu* sehr ähnlich, sie gleichen einander wie ein Wildschwein dem anderen, und so verwundert es wohl kaum«, seufzte der Waldläufer, »dass unser Wildschwein schon bald das Wildschwein, wie man so schön sagt, vor lauter Wildschweinen nicht mehr sehen konnte – sprich: obwohl das Wildschwein ein sehr schlaues Wildschwein war, fand es nicht mehr nachhause.

Es lief das ganze Wildschwein lang und noch ein Wildschwein von Wildschwein bis Wildschwein«, klagte der Waldläufer, »aber es kam aus dem Wildschwein einfach nicht mehr heraus … Und dabei fror es doch so sehr und war es doch schon schrecklich hungrig, denn es hatte ja nichts zu essen als ein paar mickrige, saure Wildschweine, die es dann und wann, wenn es nicht mehr weiter konnte, abseits des Wildschweins brockte …

Urplötzlich aber«, rief der Waldläufer, »sah unser armes Wildschwein – da wo das Wildschwein am dichtesten war – ein Wildschwein stehen … ›Nanu‹, sagte es sich, ›was ist das denn: ein Wildschwein? Mitten im Wildschwein? Wo kommt das denn her?‹ Und es fürchtete sich sehr – schließlich hatte es, obwohl es schon wer weiß wie lange durch das Wildschwein gelaufen war, noch nie, *niemals*, zuvor ein Wildschwein gesehen …

Das unbekannte Wildschwein aber trat – langsam, ganz langsam –«, so der Waldläufer bedeutungsvoll, »an unser Wildschwein heran, beschnupperte es – höflich, ja, freundlich –«, bemerkte er, »von oben bis unten und stupste es – freundlich, ja, zärtlich –«, betonte der Waldläufer, »mit seinem weichen, feuchten Wildschwein an …
Andere Wildschweine folgten: erst nur die ausgewachsenen, dann auch die jungen und kleinsten – bis sich letztendlich alle Wildschweine des Wildschweins«, fuhr der Waldläufer fort, »um unser Wildschwein drängten – es anschnupperten, anstupsten, angrunzten – sie hatten es, daran bestand kein Wildschwein, als neues, vollwertiges Wildschwein ihres Wildschweins akzeptiert …

Von diesem Wildschwein an aber«, jauchzte der Waldläufer, »begann für unser Wildschwein ein neues Wildschwein!
Wildschwein für Wildschwein und von Wildschwein bis Wildschwein lief es, gemeinsam mit seinen neuen Wildschweinen, den Wildschweinen, durch das Wildschwein. Sie zeigten ihm, wo die schmackhaftesten Wildschweine zu finden waren und wie man sich ein kuscheliges, warmes Wildschwein gräbt. Und so kam es, dass unser Wildschwein«, frohlockte der Waldläufer, »nie wieder frieren musste; nie wieder war es schrecklich hungrig; und nie – wirklich nie, *niemals*, wieder! –«, lächelte er, »war unser jetzt gar nicht mehr armes Wildschwein im großen finsteren Wildschwein, in dem man sich so leicht verliert, allein!
Bald schon verliebte sich das Wildschwein«, freute sich der Waldläufer, »in ein zierliches, besonders leichtfüßiges Wildschwein – die beiden lagen jedes Wildschwein beieinander – und nicht lange danach«, grinste der Waldläufer, »gebar das leichtfüßige Wildschwein unserem Wildschwein sieben kleine Wildschweine, liebe kleine Wildschweine wie euch«, schmun-

zelte er, »die Wildschwein für Wildschwein wild quiekend umhertollten …

Ach«, lachte der Waldläufer auf, »unser Wildschwein war tatsächlich: das glücklichste, das allerglücklichste Wildschwein, das man sich nur vorstellen kann …

Und wenn es nicht gestorben ist«, schloss der Waldläufer – urplötzlich wieder ganz, ganz ernst –, »wenn es nicht erschossen oder, was viel, viel schlimmer wäre«, sagte er nachdenklich, »*nur* angeschossen wurde, dann«, sagte der Waldläufer leise, *sehr* leise und *sehr* nachdenklich, »dann: ist es das noch heute …«

# II

# Zwei Jahreszeiten
oder
Grossvaters Uhr

# Zwei Jahreszeiten

## 1

Damals, als wir klein waren, waren die Sommer groß. Damals gab es das noch: *große* Sommer. Tatsächlich waren jene Sommer, die Sommer, die wir, damals, als wir noch klein waren, im gelben Haus erlebten, *richtig*, ja, *riesen*groß – so groß, dass selbst die großen Leute, Leute wie Großvater, bei dem wir lebten, darin klein erschienen. Und auch das gelbe Haus, in dem er lebte, das, für ein kleines Haus, recht groß war, war auf der Landkarte der damaligen Sommer, groß wie sie waren, nur als Punkt verzeichnet – mit einem weiteren Pünktchen davor: der großen Tanne. So groß die Tanne uns im gelben Garten, dem Garten um das gelbe Haus, erscheinen mochte – so klein war sie im Angesicht des Sommers.
Denn selbstverständlich war der Sommer, so wie die Sommer damals waren, viel größer als der gelbe Garten. Größer auch als der gelbe Garten *und* der angrenzende Apfelhain *und* der hinter dem Apfelhain liegende Nachbarsgarten *zusammen*. Größer als *alle* Gärten in der Ebene, größer als *all* die Felder dort, *all* ihre Häuser und die sieben Flüsse, die sie, die Ebene, von Süden nach Norden durchströmten. Der Sommer reichte von dem einen, dem östlichen Ende der Ebene (dem großen Strom) bis zu den westlichen Grasbergen, von dem im Süden gelegenen Dorf bis hin zu den Wäldern des Nordens. So groß waren die Sommer damals: groß wie die große Ebene – und wenn man den Berichten des Waldläufers, der viel herum und auch über die Ebene hinaus kam, vertrauen durfte, so reichte so ein Sommer, damals, im gelben Land, sogar noch über sie, weit über sie, die große Ebene, hinaus.

Im *ganzen* Auwald, erzählten etwa die Waldläufer – auch wenn man nie, wie sie dann immer gleich hinzufügten, und wenn man ein noch so ausdauernder Läufer sei, den *ganzen* Auwald kennen könne … –, im *ganzen* Auwald also sei: Sommer. Und Sommer *herrsche* – hieß es an den Flüssen (sogar am großen Strom) – flussauf, flussab: so weit die Strömung trage … Und auch die Lieder, die die Mönche sangen, wenn sie am gelben Haus vorbeizogen, handelten immer nur: vom Sommer. In all den Liedern war es immer: Sommer. Und welche Jahreszeit denn sonst. Kaum war der Winter aus, war: Sommer. Oft fing der Sommer schon im Winter an. Und wenn er einmal angefangen hatte, dann: dauerte er *richtig* lange – viel länger als nur dreiundneunzig Tage. Nicht selten dauerte ein Sommer – damals – weit, sehr weit in den Herbst hinein. Ja, manchmal sogar weit bis in den Winter. Und ab und an war es dann auch im Winter Sommer … War es auch noch im nächsten Frühling Sommer … War es im Frühsommer noch immer Sommer … Hörte der große Sommer nicht mehr auf.

## 2

Im Winter wurde alles winzig. Die Tage etwa: kurz wie Streichhölzer. Der Fluss, der durch den Garten floss, fror zu. Erst schlängelte sich noch ein schmales schwarzes Band durchs Eis – dann: war auch das verschwunden. Die Bäume standen nackt, um ihr Grün abgemagert, an den Ufern. Der Nordwind brach die langen Äste ab. Wir sammelten das Bruchholz ein, trugen es heim, Großvater hackte es in Stücke. Was eben noch im Sturm getönt hatte wie ein Orchester – knackte dann, abends, dumpf im Ofenfeuer.
Der Sommer war groß wie die große Ebene – die aber war im Winter klein: kleiner als unser gelber Garten; kleiner noch als das gelbe Haus. Verlief unser *Erfahrungshorizont* anfangs, im »Vorwinter«, noch ein paar Schritte vor dem Haus (wo, unterm Dach der großen Tanne, ein immer wieder neu zu befüllendes Vogelhäuschen hing), so lag die äußerste – oft nur mit Mühe (und gerade noch ...) – erreichbare *Grenze der Welt* schon bald, im »Hochwinter«, am Klo (ungeheizt, wie es war, ein Kältepol ...) – und somit: *innerhalb* des Hauses ...

Die Welt: schrumpfte – wir aber blieben, wie wir waren. Umgeben von Dingen, die ihre Fühler eingezogen hatten, stolperten wir, mit von der Kälte tauben Gliedern, ungelenk durch das Haus. Stießen überall an. Als wären wir, so klein wir damals auch noch waren, bereits: *zu* groß. Überdimensioniert: wie Riesen ... Als wären wir: da, diese Gruppe Riesen, die sich um jenen Zwerg von Ofen schart ...
Winter für Winter war der Mittelpunkt der Welt: ein winziger, kreisrunder Eisenofen. Winter für Winter war das gelbe Land: sein Wärmeradius, mehr nicht. Abend für Abend saßen wir, Großvater und die Buben, vor dem Ofen. Knackten dort Nüsse, tranken Kinderpunsch. Jeder aus seinem Krug, nein:

seinem Fingerhut … Bis es dann Zeit war für: das Puppenbett. Das Streichholzschachtel-, Nussschalenbett. Mit seinen zwei, drei, vielen dicken Decken. Die alle eins waren: zu kurz.

# Die dritte Jahreszeit

## 1

Ich habe mich oft gefragt und keine Antwort gefunden, ob wir, die Buben, damals, im gelben Haus, denn überhaupt so etwas wie eine dritte (geschweige denn: eine vierte oder gar fünfte …) Jahreszeit gekannt haben. Schließlich war – zumindest vom Ufer des Flusses, *an* und *in* dem wir damals so gut wie jeden Sommertag verbrachten, aus betrachtet – die Einteilung des Jahres in drei (oder vier, fünf …) Jahreszeiten völlig überflüssig – es reichten ja *zwei*: die eine, in der wir im Fluss baden konnten (siehe Seite 55), und die andere, in der das nicht ging.

»Ja, um genau zu sein«, sagte mein Freund Biber (der *sehr* genau war) eines Morgens, als wir dem Fluss, der durch den Garten floss, beim Fließen zusahen, »um genau zu sein«, sagte er, »sind *zwei* Jahreszeiten sogar um *eine* zu viel. Ehrlich gesagt« (und Biber *war* ehrlich) »würde mir, Biber«, fuhr er fort, »*eine einzige* Jahreszeit« – und es war klar, welche von den beiden er *auf keinen Fall* meinte (siehe Seite 57) – »*eine einzige* pro Jahr«, sagte er also, »schon reichen …« »Mir auch!«, riefen die anderen, und: »Mir auch!«, rief ich – und: *eins*, wenn schon nicht mit dem Lauf der Dinge, so doch zumindest miteinander, starrten wir weiterhin ins Wasser –

auf dem, gelb wie das gelbe Haus, die Blätter trieben –

2

Großvater aber lebte uns ein anderes Extrem vor. Großvater maß die Jahreszeiten mit dem Auge des Gärtners. Er hatte immer den Garten im Auge – mit anderen Worten: er wusste stets genau, was sich im Garten tat – besser gesagt: was er, der hier bei uns, im gelben Haus, die Gartenarbeit machte, an diesem oder jenem Tag dort, im Garten, zu tun hatte.
Da sich im Garten aber *täglich* etwas änderte, da es dort somit *jeden Tag* etwas anderes zu tun gab, herrschte im Garten – um genau zu sein – *Tag für Tag* eine andere Jahreszeit; bestand Großvaters Jahr – streng genommen – aus exakt *dreihundertundfünfundsechzig*, in Schaltjahren gar: *dreihundertsechsundsechzig Jahreszeiten* …
»So gesehen«, sagte Biber, dem – da er bereits die Anzahl von *zwei* Jahreszeiten für maßlos übertrieben hielt (siehe Seite 59) – jede weitere, noch zusätzlich hinzukommende Jahreszeit ein Dorn im Auge war, »so gesehen«, sagte er also, »*gibt* es natürlich eine dritte Jahreszeit – und zwar«, fügte er, dem Ironie fremd war, ohne zu lächeln, hinzu, »den dritten Januar.«

Allerdings, führte Biber weiter aus, stelle sich doch die Frage, ob denn das Gartenjahr tatsächlich auch am ersten Januar beginne … Ja, ob es überhaupt, was den ewigen Kreislauf von Ende und Neubeginn betreffe, unserem Jahr, »dem gringorianischen Kalenderjahr«, wie er zu sagen wusste, vergleichbar sei …
Denn *sehr* genau genommen, sagte Biber (der wie gesagt, *sehr* genau war), biete der gelbe Garten zwar immer wieder einmal: ein *ähnliches* – aber doch nie: zweimal *das gleiche* Bild … Mache Großvater in ihm zwar oft *das Gleiche* – aber doch niemals *dasselbe* … Bestehe somit das Kalenderjahr nach Großvater letztlich aus, wenn schon nicht *unendlich*, so doch *unvorstell-*

*bar* vielen Tagen, sprich: ebenso vielen Jahreszeiten – die, so Biber, nicht nur geradezu lächerlich kurz seien, sondern auch noch – »und ganz im Gegensatz zu unserem Sommer, unserem Nikolaustag oder Weihnachtsabend!« – einmal vorbei, nie, *niemals*, wiederkehrten …

»Dies nur als Beispiel«, sagte Biber, während wir weiterhin, wie hypnotisiert von ihrem Anblick, den unzähligen, flussabwärts treibenden gelben Blättern nachschauten, »wohin bereits *die bloße Annahme* einer dritten (geschweige denn einer vierten oder gar fünften) Jahreszeit führt …«

## 3

»Die Beweise für den Herbst«, sagte Biber, »sind nur statistisch – und jeder Sommer droht«, murmelte er, mehr zu den gelben Blättern als zu uns, »der erste ewige zu sein.«

Grossvaters Uhr

tickte anders. Sie tanzte nicht zum Trauermarsch, den der Vierviertelstundentakt unseres Kirchturms vorgab. Sie machte es aber auch nicht »wie die Sonnenuhr«, die – zumindest laut dem Giebelspruch der Türmchens – »die heiteren Stunden nur« zählte. Nein: *so* einfach lagen die Dinge (auch wenn es manchmal so scheinen mochte) im gelben Haus auch wieder nicht.

Grossvaters Uhr

war, wie Großvater sagte, eine »Automatic«. So hieß sie wohl – sagte zumindest Biber –, weil sie, wann immer Großvater in unserem Augarten Tomaten pflückte, ganz heftig tickte … Je ausgiebiger sich Großvater bewegte, je eiliger er es beim Pflücken hatte, je öfter ihm Tomaten auf den Boden fielen und er sich ächzend danach bückte – desto schneller: tickte

Grossvaters Uhr.

Wenn sich Großvater aber, *nach* dem Tomatenpflücken, im Tannenschatten niederließ, wenn er den Rücken an den Stamm lehnte und gähnend hoch zum Wipfel sah – dann: ging seine Armbanduhr mit einem Mal *ganz* langsam; bewegte sich ihr flinkster, der Sekundenzeiger, träge und zäh: wie Harz, das vom Zapfen tropft … Eines ging daraus jedenfalls hervor:

Grossvaters Uhr

war direkt mit *Großvaters Herz* verbunden. Und deshalb hielten wir, die Buben, ihn, Großvater, unentwegt auf Trab. Kaum dass er etwa still im Schatten saß, jagten wir ihn schon wieder hoch – besser gesagt: stürzten wir tollkühnen Apatschen uns mit Geheul auf »Großer Vater«, den riesenhaften Häuptling der Komantschen .... Dasselbe Spiel am Morgen, wenn

Grossvaters Uhr

langsam, *ganz* langsam (in Großvaters Schnarchrhythmus) Richtung Frühstück (oder, im Fall Bibers, Richtung Baden im Fluss) schlich ... Und so war Großvater in ständiger Bewegung – so lange jedenfalls, wie wir, die Buben, mit ihm im gelben Haus zusammenlebten. Und da sich daran, wie wir wussten, nie, *niemals*, etwas ändern würde (und wie denn auch?), bliebe

Grossvaters Uhr

– so viel war uns, so klein wir auch noch waren, klar – *nie* stehen.

# Die andere Zeit

## 1

Damals, im gelben Haus, gab es für alles eine Zeit. Zumindest war das etwas, was Großvater, ob nun zu uns oder, was häufig vorkam, zu sich selbst, immer und immer wieder sagte: »Alles zu seiner Zeit«, sagte er etwa, oder: »Eine Zeit zum Pflanzen, und eine Zeit zum Abernten der Pflanzen« …

Da Großvater *immer* recht hatte (oder, wie Biber präzisierte, er uns zumindest, jedenfalls *bis jetzt*, keinen Anlass gegeben habe, jemals an seinen Worten zu zweifeln);
da also davon auszugehen war, dass Großvater, warum auch immer – »ob nun«, warf Biber ein, »aufgrund seiner großen Lebenserfahrung, wegen übernatürlicher Fähigkeiten oder einfach aus purem Glück« – auch in dieser Frage (jener der verschiedenen Zeiten) *richtig* lag;
und da wir, wie wir aus eigener (leidvoller) Erfahrung wussten, zweifellos in einer Zeit lebten, in der man (zum Beispiel: wir, die Buben) sich unentwegt etwas (»oder auch«, so Biber, »etwas mehr« …) wünschte – kurz:
da es *eine Zeit zum Wünschen* gab –
musste es zwangsläufig auch, wie mein Freund Biber ausführte, »*eine Zeit* geben, *in der Wünsche*« (zum Beispiel: unsere) »*in Erfüllung gehen.*«

*Die eine Zeit*, die Zeit zum Wünschen – rechnete Biber vor – dauere jedes Jahr: dreihundertvierundsechzig Komma fünfundsiebzig Tage. In Schaltjahren, fügte er hinzu, sei das natürlich etwas mehr, nämlich: dreihundert*fünf*undsechzig Komma fünfundsiebzig Tage.

»Im Schnitt«, fuhr Biber, der, wenn schon nicht unbedingt ein guter, so doch zumindest ein leidenschaftlicher Rechner war, fort, »im Schnitt macht das somit exakt dreihundertfünfundsechzig Tage. Sprich:«, stellte er abschließend, mit seiner Kalkulation sichtlich zufrieden, fest, »im Schnitt dauert *die Zeit zum Wünschen*« – und dabei hob sich seine Brust vor Stolz – »Jahr für Jahr haargenau: ein Jahr.«

*Die andere Zeit* aber: war der Weihnachtsabend.

## 2

Ein Jahr war eine lange Zeit. Nicht nur in den Schaltjahren erschien uns dieses eine Jahr – das alle Jahre wieder zwischen dem einen Weihnachtsabend und dem nächsten lag – *sehr*, ja, sogar *unvorstellbar* lang – *viel* länger jedenfalls als die (von meinem Freund Biber errechneten) dreihundertfünfundsechzig Komma fünfundzwanzig Tage.
Natürlich konnte sich in einer derart großen, mit Recht *riesig* zu nennenden Zeitspanne, *unvorstellbar* lang, wie sie war, auch *unvorstellbar* viel verändern. Wenn man etwa bedachte, wie viel sich schon allein von *einer* Jahreszeit (die doch nicht mehr als nur den *Bruchteil* eines Jahres ausmachte!) zur nächsten änderte …

Im Sommer etwa ähnelte das gelbe Land, im Westen jedenfalls, einer: *Prärie*. Wenn wir im Sommer durch das Grasland streiften, so rechneten wir unentwegt damit, hinter dem nächsten Strauch (Kaktus?), dem nächsten Hügel (Rocky Mountain?) einen Trupp Indianer (Apatschen? Oder gar Komantschen?) auf ihren Mustangs auftauchen zu sehen.
Im Winter aber fand sich ebendort: die *Taiga*. Und wo gerade eben noch halbnackte Krieger, federgeschmückt und kriegsbemalt, vorbeigaloppiert waren: stapften nun, dick eingemummt gegen die sibirische Kälte, Samojeden, ja, Tschuktschen, mit ihren Rentierherden, ihren Hunderudeln, durch den hüfthohen Schnee …

Und wie dem gelben Land mit seinen Jahreszeiten erging es uns, den Buben, mit all unseren Wünschen – und der das ganze Jahr über so fernen Zeit, in der sie dann (»doch, aber spät«, wie Biber sagte) in Erfüllung gingen …
So träumten wir etwa den ganzen Sommer lang: von neuen

Flossen. Von neuen Schnorcheln, neuen Taucherbrillen. Doch wenn am Weihnachtsabend dann, im tiefsten Winter, unsere Träume wirklich wahr werden sollten – waren wir jedes Mal wieder heilfroh, dass statt der heiß herbeigesehnten Tauchmontur: letztlich nun doch ein neues Schlittschuhpaar unter dem Christbaum lag.

So war das eben mit den Wünschen. Damals, als sie, ohne wahr zu werden, doch geholfen haben. Im Sommer schickten wir dem *Weihnachtsmann*: unsere Briefe. Im Winter aber kam: *Väterchen Frost.*

## Die perfekte Welle

Es gab eine Zeit, in der die Haare zu lang waren, und es gab eine Zeit, in der sie zu kurz waren – dazwischen lag, was man jedes Mal wieder heißest herbeisehnte – und kaum, dass es eingetroffen war, nie, *niemals*, stattgefunden zu haben wünschte: das Haareschneiden.

Wir alle wussten um die Reihenfolge, in der diese drei Zeiten aufeinander folgten; wir wussten, dass sie nichts und niemand umkehren konnte; und auch darüber, dass es *so* (zu lange Haare – Haareschneiden – zu kurze Haare) immer und immer weitergehen würde, auch darüber: waren wir Buben, so klein wir damals auch noch sein mochten, uns im Klaren.
Die Frage aber, die sich uns, bei all unserem Wissen, stellte, war: ob es nicht doch vielleicht, obschon bislang noch unentdeckt, irgendwo in dem ewigen, in dem gezeitengleichen Auf und Ab der Lockenlinie, eine Zeit gab, in der die Haare *einmal* – und sei es tatsächlich nur *ein einziges Mal im Leben*! – die richtige, die *haargenau* perfekte Länge hatten …

Die meisten von uns, die wir uns, wie alle Landkinder, hauptsächlich auf unsere *praktischen* Erfahrungen verließen, beantworteten diese Frage – sofern sie sich nicht überhaupt, skeptisch gegenüber jeder Art Gedankenspiel, von vornherein der Diskussion entzogen (durch einen Sprint über die Wiese, einen Sprung ins Wasser …) – mit einem vehementen Kopf- (und Haarschopf-)schütteln.
Biber aber, der sich mit diesem Problem (und anderen) lange und ausführlich *theoretisch* beschäftigt hatte, war felsen-, ja, sogar »flusssteinfest«, wie er sagte, davon überzeugt, dass eine

solche Periode – »nennen wir sie«, sagte er, »die haarige Latenzperiode« – nicht nur unter den (nahezu) idealen Bedingungen seines Gedankenlabors, sondern auch in der um so vieles unberechenbareren Wirklichkeit existieren müsse …

Allerdings, schränkte er freilich gleich ein, bliebe diese Zeit, auch wenn sie zweifellos vorhanden sei, in der Praxis doch meistens, wenn nicht sogar immer, unbemerkt – handle es sich doch – wie er uns eines Mittags, zwei oder drei Wochen, nachdem Großvater ihm das letzte Mal den gelben Suppentopf, unser bewährtes Frisurenmuster, aufgesetzt hatte, erklärte – um eine ausgesprochen kurze, ja, eine geradezu *winzige* Zeitspanne.

»Meinen Berechnungen zufolge«, sagte Biber, sich von seinem Rechenbrett zurücklehnend, »die sowohl die durchschnittliche Haarwuchsgeschwindigkeit als auch unsere Wahrnehmung des Zeitraums ›Gegenwart‹ mit einbeziehen, dauert die Zeit der perfekten Haarlänge maximal: zwei Komma sieben Sekunden – das ist nicht länger als«, sagte er, während er sich, ohne darauf zu achten, mit einem zarten Seufzen (»aaah …«) durch die Haare fuhr, »ein Atemzug.«

# Zwei Motoren
oder
Grösstes, allergrösstes Glück

# Zwei Motoren

## 1

Seitdem die Türmchens einen Rasenmäher hatten; seitdem der Mann der Türmchen-Tante, den wir auch »Türmchen-Onkel« nannten, Sonntag für Sonntag damit Rasen mähte; seitdem also der »Rasenmähermann«, wie wir zum Türmchen-Onkel sagten, seitdem er jeden Sonntag Rasen mähte, jeden Sonntag, zwischen zwölf und eins, in Rauch und Krach gehüllt herübergrüßte; kurz: seit unsere neuen Nachbarn *motorisiert* waren: kannten auch wir, die Buben aus dem gelben Garten, der sonntags immerzu ganz still, *zu* still, im Auland lag, nur noch den einen Wunsch: einen Motor … Und so: brachte uns Väterchen Frost: eine Katze –

die, wie wir bald schon feststellen mussten, als Rasenmäher überhaupt nicht taugte … Im Gegenteil. Sonntagmittag für -mittag, wenn der Türmchen-Onkel seine Maschine anwarf, flüchtete sie (anstatt zurückzufauchen!) auf den Dachboden; falls sie, was ziemlich selten vorkam, tatsächlich einmal Grashalme zerkaute, spuckte sie diese wieder aus; ja, wir ertappten sie sogar dabei, dass sie den Rasen, anstatt ihn, wie die Türmchens – »auf exakt vier Zentimeter Halmhöhe«, wie der Türmchen-Onkel zu sagen pflegte – zu trimmen, heimlich, an den stilleren Örtchen unseres Gartens, mit selbstgemachter Jauche düngte … Als jedoch,

2

eines Sonntagmittags, der Türmchen-Onkel mit seinem Rasenmäher (»weiß Gott warum«, sagte Biber) über einen kleinen (»aber sehr harten ...«) gelben Flussstein rollte; als die Sichel der Maschine gegen den Stein krachte und (»ein bedauerlicher Unfall!«, sagte Biber) stumpf, bis zur Unbeweglichkeit verbogen, stehen blieb; als also eines Mittags der Rasenmäher der Türmchens (»wenn schon nicht für immer, so doch für eine sehr, *sehr* lange Zeit«, sagte Biber) *verstummte* – und es im gelben Land (in dem es, wie wir jetzt bemerkten, in Wirklichkeit ja gar nicht *zu* still sein konnte ...) endlich wieder so still war wie zuvor – da

saßen wir, die Buben aus dem gelben Haus, im hohen Gras unseres Gartens, saßen im Kreis um unsere Katze, reichten die Katze, eine gelb-braun-goldene Schildpattkatze, von einem zum anderen, streichelten sie einer nach dem anderen da, wo sie es, wie es schien, am liebsten hatte, am Rücken etwa oder auch am Bauch, kraulten den gelben Fleck auf ihrem Köpfchen, kosten ihr schwarz-rosa geschecktes Vorderpfötchen, wiegten sie wie ein Kind im Arm, wiegten sie wie der Wind die Kornblumen, die Dotterblumen und die Halme – und unser Motor, der Motor des gelben Hauses (während von den Türmchens kein Mucks kam ...),

schnurrte und schnurrte.

## Grösstes, allergrösstes Glück

Katzen riechen nach Heu; unsere Katze aber roch nach Wiese, nach einer blumenübersäten Sommerwiese, auch wenn es eine solche Wiese – besser gesagt: eine, die so unfassbar gut wie sie, die Katze, roch – damals, im gelben Land, auch wenn man es das »Land der tausend Wiesen« nannte (und es in Wirklichkeit wohl noch mehr waren als tausend), gar nicht gab. Sie roch

nicht, nein: sie duftete, nein: sie verzauberte die Luft – wir reichten sie herum wie eine Rose. »Wie eine riesengroße Rose«, sagte Biber, »die man, weil sie ein Fell statt Dornen hat, auch streicheln kann.« Einer nach dem anderen steckten wir unsere Nasen in ihr Nackenhaar und streichelten sie da, wo sie es, scheinbar, am liebsten hatte, mit den Nasenspitzen. Sie roch

nach Wiese, aber auch nach Fluss, roch wie der Fluss ganz früh, wenn er noch kühl, ganz grün zwischen den Dotterblumenwiesen dahinfloss, roch nach dem Wasser, doch auch wie das Handtuch, das, wenn man sich nass in seine Wärme warf, nach Sonne roch. So wie die Katze roch, roch wohl auch Paradeissauce: so musste es zu Mittag in Hoboken riechen … Sie roch

wie Bratäpfel, roch wie Rosinen, roch wie der Sack des Nikolaus: nach Großvater und Mandarinen. Sie roch wie Winnetou, das Buch, wenn Großvater uns daraus vorlas. Sie roch: wie seine Stimme klang, roch wie: das Wort »Prärie«. Wann immer man auch an der Katze roch, es roch: nach Sommer. Und zu unserem größten, unserem allergrößten Glück: roch sie nie, wirklich *nie, niemals*, wie das, woran sie selbst am liebsten schnupperte: Bibers Socken.

## Grossvaters Herz

Als unser Kätzchen vom Tierarzt zurückkam, konnte es – einen ganzen Abend lang – weder laufen noch springen: es *kroch*. – Es kroch aus dem Binsenkörbchen, in dem man es gebracht hatte, kletterte mühsam über seinen Rand, plumpste auf die Bodenbretter, plumpste zur Seite, richtete sich auf, tastete, tapste sich voran, fiel wieder um, stand wieder auf, kroch weiter …

Anfangs dachten wir, es müsse Hunger haben. Denn als Großvater in die Küche ging, um das Abendessen vorzubereiten, kroch es ihm (so gut es eben konnte …) nach, und als er hinterher mit dem Topf zurückkam, drehte es (das in der Zwischenzeit nicht allzu weit, nicht einmal durch die halbe Stube, gekommen war) wieder um – und kroch zurück, Richtung Tisch.

Aber: obwohl wir Buben gleich nach draußen, ins Vorhaus, liefen, um dem Kätzchen sein Futterschüsselchen zu holen; obwohl wir ihm das Schüsselchen bis obenhin gefüllt unmittelbar vor sein Mäulchen stellten; und obwohl darin jene petersilienverbrämte Pastete wartete, die es sonst nur an Feiertagen, am Nikolaustag oder Weihnachtsabend etwa, gab, kroch es darum herum, weiter auf Großvater, der schon am Tisch saß, zu …

Und als Großvater, den Löffel in der Hand, noch einmal aufstand, weil er das Salz vergessen hatte, folgte es ihm erneut … Und als er mit dem Salz (aber ohne Löffel) zurückkam, kroch es ihm wieder nach … Und als er wieder aufstand, wieder … Und wieder … Und so weiter … Und: obwohl unser Kätzchen weder laufen konnte noch springen, gelangte es an jenem einen Abend– *kriechend* – tief, ganz tief: in Großvaters Herz hinein.

# Katzenwürstchen

Unsere Katze war nicht nur ein schönes, sie war auch ein sehr kluges Tier. Sobald sie etwa hörte, dass Großvater mit jenem Papiersack raschelte, dessen Inhalt – köstliche Katzenwürstchen! – sie, laut Großvater, mehrmals am Tag »heute ausnahmsweise ein zweites Mal!« zu verkosten pflegte, erhob sie ein herzzerreißendes Miauen, schlug ihre Krallen tief in Großvaters Hosenbein und ließ erst dann wieder von ihm ab, wenn das Rascheln des Papiers sein Versprechen erfüllt hatte, sprich: ein neues Würstchen im Futternapf lag. Dumm

nur, dass das Würstchen-Papier, wenn Großvater es, *nach* dem Füttern, *zurück* in den Spalt unter dem Vorhausdach schob, genauso raschelte wie beim *Heraus*holen – und dass die Katze, *während* sie das erhaltene Würstchen noch beschnupperte, um nichts weniger hellhörig (und -köpfig!) war als *zuvor* … Niemand begriff, wie Großvater es fertigbrachte zu *lächeln* – mit (schon wieder …) den Krallen im Schienbein, dem Miauen im Ohr: ausgerechnet *er*, der Katzenwürstchen-Engel dieser Welt, in der sogar ein so kluges Köpfchen

wie Mia, unsere kleine, würstchensüchtige Katze, die Sehnsucht nach einem Würstchen dem Würstchen selbst vorzog.

Der Igel

war der beste Freund der Katze. Wenn er abends durch die Hecke heranraschelte, sprang sie auf, krallte sich in das nächstbeste Stück Mensch, das sie zu fassen kriegte (meist: Großvaters Bein), und miaute so herz-, nein: *trommelfell*zerreißend, dass man (sprich: Großvater) gar nicht anders konnte, als den Futternapf im Vorhaus vollzufüllen. War dies geschehen, kam

der Igel

auch schon um die Ecke geschnauft, schob sich über die Vorhausschwelle und versenkte sein stachelbekränztes Schnäuzchen, schmatzend wie der Waldläufer, im Katzenfutter. Die Katze aber trat – »nobel«, wie Biber sagte – zurück, sah ihm – »wohlgefällig« – beim Fressen zu und verfiel erst dann wieder in ihr »begeistertes« Kreischen und Krallen, wenn sie bemerkte, dass

der Igel

seine Portion ihres Futters schon so gut wie verdrückt hatte. Dann eilte Großvater ein zweites Mal herbei – und servierte, auf der Dachbodentreppe (»um den Igel im Vorhaus nicht zu stören«, laut Biber), in einem zweiten Napf den zweiten Gang. Die Katze aber fraß nicht, sondern schaute – »hoffnungsfroh« – über die Schulter, und wirklich: schnüffelnd erklomm

der Igel

auch die drei, vier Dachbodentreppenstufen, stellte sich an den Napf und machte da weiter, wo er im Vorhaus aufgehört hatte – bis auch hier das Futter zur Neige zu gehen drohte und die Katze aufs Neue schrie … Dies (Schmatzen – Kreischen – Großvater, der von einem Napf zum anderen hetzt) wiederholte sich einige, nein: mehrere, ja, sogar viele Male – so oft, bis

DER IGEL

satt geworden oder, was häufiger vorkam, Großvater ins Haus geflüchtet und auf dem Schaukelstuhl zusammengebrochen war … »Rührend, wie sich unsere Katze um ihren Gast kümmert«, seufzte Biber, der sich dieses allsommerabendliche Schauspiel nie entgehen ließ. »Sie ist eben nicht nur blitzschön und wundergescheit, sondern hat auch ein Gold aus Herz!«

# Die Pilze
# oder
# Nomen und Omen

Grossvaters Fahrrad

war ein Herrenrad der alten Schule, weiß und mit mehreren knallroten Beschleunigungsstreifen, dank derer es, wie langsam Großvater damit auch fahren mochte (und das war, wie Biber gemessen hatte, »*ganz* langsam« …), immer recht flott aussah. Mit seinem hohen, nach hinten gebogenen Lenker und den schmalen, profillosen Reifen schien

Grossvaters Fahrrad

zwar eher dafür gemacht, über die Promenaden städtischer Parks zu rollen als über die Feld- und Treidelwege des gelben Landes – Großvater aber ließ sich davon nicht beirren. Entspannt nach hinten gelehnt, wie ein Cowboy auf seinem Mustang, holperte er über die Steine, die ihm das Gelände in den Weg (vom gelben Haus ins Dorf und zurück) legte. Und wenn es an

Grossvaters Fahrrad

tatsächlich einmal einen Reifenplatten zu beklagen gab (was angesichts der Umstände recht häufig war) – dann holte er eben sein Flickzeug aus dem Schuppen, schraubte den Reifen ab, machte das Loch im Reifenschlauch ausfindig und klebte es wieder zu. Nur bei besonders schlimmen Havarien, etwa wenn auch der Mantel um den Schlauch gerissen war, musste

Grossvaters Fahrrad

ins Dorf in die Werkstatt. Anstatt, wie üblich, ins Dorf zu *radeln*, musste Großvater sein Rad dann den ganzen weiten Weg ins Dorf (erst am Fluss entlang, dann querfeldein, durch Raps und Sonnenblumen) *schieben* – was jedoch, laut Biber, nicht weiter schlimm war: behauptete er doch, Großvater sei *schiebend* schneller, als wenn er *radle* … Nun, wie auch immer. Wenn

GROSSVATERS FAHRRAD

in der Werkstatt auftauchte, rieb sich Herr Schrauber, der sie betrieb, bereits die Hände – sofern er sie nicht überhaupt, kaum dass er des neuesten Schadens ansichtig wurde, über dem Kopf zusammenschlug: Ja, Großvaters Reifenschäden waren berühmt-berüchtigt … Einmal holte Herr Schrauber sogar Herrn Blitzer, der unser Dorffotograf war, herbei, um ein Foto von

GROSSVATERS FAHRRAD

(und dessen Reifenschaden) zu schießen. Später ließ er dann ein Flugblatt drucken, auf dem er, mit eben diesem Bild, Werbung für seine Werkstatt machte. Unter dem Foto stand, fett und in Großbuchstaben, die vielsagende Bemerkung: »**FAHRRAD EINES SPARSAMEN TOURISTEN …**« Nun war dieses Fahrrad aber natürlich nicht das »eines sparsamen Touristen«, sondern

GROSSVATERS FAHRRAD

– der aber war weder »Tourist« noch »sparsam«. – Als Großvater das Flugblatt zu Gesicht bekam, fiel er fast vom Rad: vor Lachen … Wir Buben aber lernten aus dieser Geschichte, dass man Gedrucktes, ja, Geschriebenes, nie, wirklich nie, *niemals*, für *wahr* halten durfte. Nicht einmal dann, wenn man den Autor kannte. Nicht einmal dann, wenn ein Bild dabei war.

## Die Pilze

»Wir wurden betrogen!«, empörte sich Biber, der mit Großvater im Dorf gewesen war. »Großvater hat für *ein Dutzend* Eierschwämme bezahlt – die Marktfrau aber«, schimpfte er, »hat ihm nur *zwölf* gegeben …

Und außerdem«, klagte er, die gelben Pilze, die auf dem Tisch unter der großen Tanne ausgebreitet waren, skeptisch beäugend, »außerdem: sind das eindeutig keine *Eierschwämme* – sondern« – er schluchzte auf – »*Pfifferlinge*!

Daran sieht man es wieder«, schloss Biber verbittert: »Die Menschen sind *schlecht.*«

»Haha!«,

sagte Biber, eines Mittags, als Großvater gerade das Essen verteilt hatte (und, wie immer, gleich wieder zurück in die Küche gelaufen war, um das Salz zu holen), »ihr alle esst Blumenkohl, ich aber«, prahlte er, »habe *Karfiol* bekommen – das macht mich zu etwas Besonderem!«

Sofort hagelte es von allen Seiten wütende Proteste. »Unsinn«, so und so ähnlich hieß es rund um den Tisch unter der Tanne, »das stimmt nicht! Dass ›Blumenkohl‹ und ›Karfiol‹ nur zwei verschiedene Namen für ein und dieselbe Sache sind, weiß doch nun wirklich jedes Kind!«

»Mhm«, antwortete Biber nach einer kurzen Denkpause, »da habt ihr wohl recht: jedes Kind weiß das. Ich aber«, sagte er – und spießte dabei ein erstes Röschen auf, »ich aber: weiß es nicht – und *das*«, sagte er, die Gabel stolz empor gereckt, »macht mich zu etwas Besonderem …

Haha!«

## »Schnecke«

### 1

Über unseren Briefträger – man nannte ihn: »Schnecke« – gab es viel zu erzählen.

Die einen schimpften, weil er in allem, was er machte (er machte kaum was außer Briefe austragen), ziemlich langsam war …
Die zweiten verdächtigten ihn – der jeden Morgen, den dicken runden Postsack auf dem Rücken, vor ihren Haustüren vorbeikroch –, einzelne Karotten und Paprikas, ja, sogar ganze Salatköpfe aus ihren Gärten stibitzt zu haben …
Und die dritten beschwerten sich, weil Schnecke – der die Gewohnheit besaß, alle paar Schritte kräftig auszuspucken – auf ihren Wegen eine Schleimspur hinterließ …

Nur warum Schnecke »Schnecke« hieß, das: konnte uns niemand erklären.

## 2

»›Schnecke‹ – was für ein seltsamer Name«, ätzte Biber.

## Nomen und Omen

In Hoboken, hieß es, heiße der Bäcker »Herr Bäcker«, der Tischler »Herr Tischler« und die Frau, die am Markt ihr Gemüse feil biete, heiße »Frau Bauer« – »das heißt: in Hoboken«, erklärte uns Biber, »ist Nomen noch Omen – dort, in dem Dorf am Rande des Auwalds«, schwärmte er, während er vage flussaufwärts deutete, »*stimmen* die Namen noch …

Wie anders aber«, seufzte Biber, nachdenklich an einem Weidenzweig nagend, »ist es hier bei uns.«

# »Die Pilze«
# oder
# Spuren im Moos

»Felix qui«,

hob der Waldläufer an, während er dem in der Ferne, durchs Sonnenblumengelb in Richtung Auwald wandernden Holzfäller zuwinkte –
»So heißt der Mann?«, unterbrach ihn Biber. »Felix Qui?«

Der Waldläufer, von Bibers glockenschriller Stimme unsanft aus seinen Gedanken gerissen, antwortete nicht. Stattdessen bedachte er ihn mit einem langen, stummen, seltsam tiefen Blick – und brummte dann, ohne weiter auf Felix Qui, den Holzfäller mit dem lustigen Namen, einzugehen:

»Glücklich, wer jedes Problem, das sich ihm stellt, mit einer Axt lösen kann.«

»ACH, ES HILFT NICHTS!«,

rief der Waldläufer, nachdem er – Stunde um Stunde (oder waren es Tage? Wochen?!) – über sein Leben, dessen Geschichte und die in ihr enthaltenen Widersprüche gesprochen hatte, »reden ist der sichere Weg dazu, alles misszuverstehen …«

»Warum das denn?«, fragte Biber.

»Dazu muss ich weit ausholen«, antwortete der Waldläufer – und begann zu erzählen …

»Die Pilze«,

antwortete der Waldläufer auf Großvaters Frage, ob ihm die Eierschwämme mundeten, »zergehen auf der Zunge – besser gesagt: sie schmelzen zwischen meinen Zähnen – nein«, korrigierte er sich aufs Neue, »sie zerfallen mir im Mund *wie* …« – er stockte, schluckte, schaute, nach Luft schnappend, gen Himmel, keuchte, lief blau an, würgte –

»›Worte‹?«, fragte da, ihn (und den ganzen Mittagstisch) erlösend, Biber.

»Ich habe noch *all* meine Zähne!«,

rief der Waldläufer stolz.
Er warf, weit ausholend, den Tannenzweig, mit dem er sich soeben, unter unseren staunenden Blicken, die Zähne geputzt hatte, fort (in den Fluss) – um dann, mit knappen, verschwörerischen Gesten, einen faustgroßen, prall gefüllten Beutel hervorzukramen …
»Wollt ihr sie sehen?«

»Was für ein seltsamer Vogel!«, murmelte Biber, während er – eifriger kleiner Indianer, der er nun einmal war – das kaum verlassene Nachtlager des Waldläufers auf alle möglichen Spuren hin absuchte.
»Hier hat er Asche aufgehäuft … Dort, wie ein Hund, ein paar Knochen vergraben … Und seht euch doch nur *das* an!«, rief er. »Obwohl der Waldläufer gestern Abend so hungrig war, hat er nichts anderes gegessen als – Brösel!«

# Fauna des gelben Landes (1):

## Der Wolkenwal
## und vier andere Tiere

»Ach«,

seufzte Biber eines Nachmittags, als er die Ameisenstraße, die um das gelbe Haus herum führte, überquerte, »winzig müsste man sein! So eine Ameise zum Beispiel«, fuhr er, sich zu so einer hinhockend, fort, »erlebt auf Schritt und Tritt die größten Abenteuer … Ein Kiesel«,

sagte er, der auf dem Schotterweg hockte, »ist ihr ein Felsbrocken … Die Paradeiserstaude da: ein riesenhafter Baum … Und dort, das aus der Gießkanne getropfte Bisschen Wasser ist für sie, klein wie sie ist, wahrscheinlich schon ein ganzer Badesee … – Wie langweilig aber«,

klagte er, sich an dem alten Mühlstein, der das Beet begrenzte, aufrichtend, »wie langweilig«, wiederholte er, als er, noch immer im Tannenschatten, auf die Auwiese trat, »wie langweilig aber«, schloss Biber also, während er, die Flossen unterm Arm, auf das Flussufer zu schritt,

»ist das Leben für uns!«

# Die Fische

Wir unterhielten uns, wenn wir zum Fluss hinunter liefen; wir sprachen miteinander, wenn wir badeten; und auch, wenn wir dem Fluss wieder entstiegen waren, wenn wir im hohen Gras der Uferwiese beieinander saßen und, tropfend, bibbernd, schnaufend, übers Wasser schauten, hatten wir Buben aus dem gelben Haus uns immer noch was, ja, mehr als das, zu sagen.

Aber so viel wir uns auch *nach* dem Baden noch zu sagen hatten – es war doch weniger als *vor* dem Baden; es meldeten sich nachher einfach nicht mehr so viele wie *zuvor* zu Wort; und je öfter wir baden gingen, je länger wir nass in der Wiese saßen – desto knapper wurden unsere Äußerungen, desto länger die Pausen zwischen den Sätzen, desto mehr von uns: schwiegen.

Es war wohl so, wie Großvater, der immer recht hatte, zu sagen pflegte: „Wasser macht müde."

Und deshalb, so Biber, seien die Fische auch: stumm.

## Der Frosch

Der Frosch, so Biber, sei wie er, Biber, ein Wesen, das in *zwei* Welten zuhause sei: zu Lande *und* zu Wasser, im Fluss *und* auf der Wiese, im morgensonnengelben Flusswasser *und* in dem Gelb der Dotterblumen, die auf der Wiese zwischen Haus und Ufer wuchsen und durch die er, Biber, im Sommer jeden Morgen hinunter zum Fluss lief.
Tatsächlich, fuhr Biber fort, hätten sie, die Frösche und er, Morgen für Morgen denselben Weg. Jedes Mal, wenn er, Biber, ans Flussufer komme, säßen dort bereits mehrere Frösche, die, kaum dass er *am* Fluss *auf*getaucht sei, *im* Fluss *ab*tauchten – und einmal, so Biber weiter, habe er, der den Fröschen Tag für Tag, ohne auch nur zu zögern, nachspringe, beim Eintauchen ins Wasser sogar einen verschluckt.

Noch heute, sagte Biber, könne er diesen Frosch, dieses ihm, Biber, in seinem zwiespältigen Dasein seelenverwandte Tier, tief in sich spüren: wie es immer noch, ja, kräftiger denn je, – »und regelmäßig wie ein Uhrwerk!«, sagte er – seine Froschtempi machte; wie er, der Frosch, dem Bibers Körper zu dem Fluss geworden war, in den sich Biber selbst Morgen für Morgen stürzte, mitten in seinem, Bibers, Herzen schwamm.
Und wirklich: wer Bibers Worten keinen Glauben schenkte, wer an der Existenz dieser zweiten in Bibers Brust wohnenden Seele zweifelte – der: brauchte nur die Hand auf Bibers Brust, am besten etwas unterhalb von Bibers linker Brustwarze, zwischen die Brustwarze und das lehmgelbe, links über Bibers Nabel leuchtende Muttermal zu legen …

Jeder, der das machte, konnte es fühlen.

## »Froschus dorfis«

Im Dorf, erzählte Biber (der, nachdem er mit Großvater dort gewesen war, von nichts anderem mehr redete), habe er eine neue Tiergattung entdeckt: Eine Art Frosch – allerdings eine, die sich von den in unseren Breiten heimischen Froscharten stark unterscheide. Fehle ihr doch, rief er, gepackt vom Feuereifer des Forschers, nicht weniger als *eine ganze Dimension*!

Denn: im Gegensatz zu unseren Fröschen, sprich: zum gemeinen Flussfrosch, dozierte Biber, sei der »Froschus dorfis«, wie er ihn genannt habe, nur in zwei der bekannten Dimensionen, nämlich in *Länge* und *Breite*, zuhause. In die *Höhe* hingegen rage der Dorffrosch überhaupt nicht, im Gegenteil: Sein Körper sei *vollkommen* flach – »blatt wie ein Platt Papier«, sagte er.

Nur allzu gerne hätte er auch die Bewegungen dieser Kreatur studiert. Doch leider, schloss Biber betrübt, sei das Tier schon tot gewesen. »Großvater sagt, ein Traktor hat es überfahren.«

»Es ist eine erstaunlich angenehme Beschäftigung«, sagte Biber eines Mittags, als wir Buben uns eben in das Moos des Tannenschattens gelegt hatten, »unter so einem Baum auf dem Rücken zu liegen und in die Höhe zu blicken. Es scheint, als schaute man in ein abgrundtiefes Meer …« – »Ja«, seufzte ich, und: »Ja«, seufzten auch alle anderen; und als wir sahen, dass

weit unter uns, weit selbst unter den tannengrünen, sich in den glasklaren Wogen des Himmels wiegenden Korallen, ein weißer Wolkenwal durch die Tiefe glitt – schlossen wir, ohne länger zu zögern, die Augen, holten tief Luft: und tauchten, uns mit den Füßen kräftig von unserer Moosboje abstoßend, zu seinem riesigen, friedlich der milden Strömung folgenden Körper

hinab.

# III

# Zwei Mädchen
# oder
# Eins

## (Eine Frage der Zeit)

# Zwei Mädchen

## 1

Die Mädchen der Türmchens hießen Karin und Kathrin. Oder Mitzi und Fritzi. Oder Britta und Birte. Oder so ähnlich. Es waren jedenfalls sehr komplizierte und nur, wenn überhaupt, mit großer, *riesen*großer Mühe im Kopf zu behaltende Namen – die sich, und eben darin lag auch ihre Schwierigkeit, *sehr*, ja, sogar: *zu* sehr, ähnlich waren … Die Namen glichen sich, wie Biber zu sagen pflegte: »wie ein Ei dem anderen«. Und glichen eben darin wiederum den Türmchen-Mädchen – die sich, als eineiige Zwillinge, auch sehr – für unsere, an Zwillinge beileibe nicht gewöhnte Augen, sogar: zu sehr – ähnlich waren. Tatsächlich glichen sich also nicht nur die beiden Namen, sondern auch die zwei Mädchen, die sie trugen, »wie ein Ei dem anderen«. Nur dass die beiden Mädchen nicht, und ganz im Gegensatz zum Rest ihrer Familie, aussahen wie ein Ei. Im Gegenteil. Während der Türmchen-Onkel etwa, mit seinem spitzen Glatzkopf und dem runden Bauch, jeden Sonntag, wenn er Rasen mähte, einem Ei (freilich einem *riesen*großen) *wirklich* glich »wie ein Ei dem anderen«, waren seine Nichten, die Türmchen-Mädchen, wann, wie, wo und wobei immer wir Buben aus dem gelben Haus die zwei auch zu Gesicht bekamen, immer nur einfach eins: wunderschön.

## 2

Obwohl die Türmchen-Mädchen zu zweit waren, traten sie nie gemeinsam auf – sondern immer nur einzeln, jede für sich. Zumindest behauptete das Biber, der sich in jenem Sommer, wann immer es möglich war, heimlich mit ihnen zu treffen pflegte. Tatsächlich wussten also wir, die wir ja immer nur *ein* Türmchen-Mädchen sahen, allein von ihm, Biber, dass es in Wirklichkeit *zwei* Mädchen waren – er aber musste es wissen, schließlich hatte er sich, und das sah ein Blinder, in jenem Sommer, als die Türmchens hierher zogen, in eines der Mädchen verliebt. Da sich die Türmchen-Mädchen aber so *sehr*, ja, sogar für Bibers verliebte Augen, *zu* sehr, glichen, konnte selbst *er* nicht im Kopf behalten, welches der Mädchen jenes war, in das er sich verliebt hatte. Und so traf Biber sich mit beiden Mädchen – abwechselnd … Zumindest, meinte er, *müsse* das wohl so sein. Anders sei es doch gar nicht zu erklären, sagte er, dass jenes wunderschöne Mädchen, das er an jedem Sonntagmittag, zwischen zwölf und eins, im Apfelhain zu treffen pflegte, einmal so fröhlich und so lieb zu ihm, und dann, »nur eine Woche später!«, klagte er, wieder abweisend, schweigsam, ja, sogar richtig garstig sei … »Dafür«, sagte Biber, »gibt es nur eine einzige Erklärung: es sind *zwei.*«

Nur eines schien unseres verliebten Freundes Glück zu stören: dass das Schicksal ihn zwang, seine Zeit gleichmäßig zwischen den zwei Türmchen-Mädchen aufzuteilen. Fünf Minuten mit dem einen, jammerte Biber, erschienen ihm wie eine Stunde – während eine Stunde mit dem anderen – er seufzte verzückt – wie fünf Minuten, wenn nicht noch rascher, verflogen sei …

Je lieber ihn das eine, besser gesagt: das andere, das *liebe* Mädchen anlächle, lächelte Biber, desto rasender gebärdeten sich die Zeiger der Kirchturmuhr, desto wilder galoppierten sie vorwärts, desto früher erdröhne der eine, schicksalhafte Glockenschlag, der ein Uhr schlage – und bei dem sich das Mädchen, damit es zum Mittagessen zuhause sei, hastig verabschiede …

Wenn er aber, fuhr Biber düster fort, die *garstige* der beiden Schwestern treffe, stünde das Uhrwerk fast still … Schwerfällig, wie unter einer großen Last, kröchen die Zeiger voran … Und je übler die Schwester ihm, mit Worten *und* Taten, zusetze, desto später ertöne, was er, mit tränenunterlaufenen Augen, schon gar nicht mehr zu erhoffen wage: der rettende Gong.

»Und so verbringe ich«, so der schwer angeschlagene Biber, »mit ihr, der Garstigen, wieder und wieder eine Ewigkeit … Ein Küsschen von meiner Liebsten aber«, seufzte er, der, wie wir wussten, von derlei Küsschen nur träumte, »fliegt so rasch vorüber, dass es – selbst wenn es mich dereinst tatsächlich, *in Wirklichkeit*, ereilen sollte – nie, *niemals*, stattgefunden hat.«

# Eins

Biber und das Türmchen-Mädchen lauschten dem Mittagsläuten des Hobokener Kirchturms.

»Schön, nicht?«, meinte Biber verträumt, nachdem der letzte Schlag über den Feldern verhallt war.
»Schon schön«, antwortete das Mädchen, »aber doch etwas übertrieben … Warum um Himmels willen«, fragte es – während es hastig aufsprang, sich zum Gehen wandte –, »*warum* nur: sagen die Glocken uns *zwölfmal* hintereinander – dass es *eins* ist?«

# Zwölf

Das Türmchen-Mädchen zählte die Flusssteine ab, die Biber ihm geschenkt hatte.
»Eins …«, murmelte es, dabei einen Finger nach dem anderen zur Hilfe nehmend, »Zwei … Acht … Zwölf …«
»Neineineineinein!!!« rief Biber in glockenheller Aufregung, »so zählt man doch nicht! – Versuch es noch einmal. Hier sind zwei gelbe Flusssteine – und hier noch einmal zwei. Das macht in Summe wie viel?«
»Na, zwölf«, antwortete das Mädchen gelassen.

»Also gut«, seufzte Biber, nachdem er seinen Rumpelstilzchentanz beendet, sich seine längste Stirnhaarsträhne ausgerissen und jenes Weidenstöckchen, an dem er immerzu zu knabbern pflegte, nicht nur glatt in der Mitte durchgebissen, sondern auch in den Mund gesteckt, zerkaut, geschluckt und wieder ausgespuckt hatte, »fangen wir ganz von vorne an … Eins plus eins macht –?«
»Spaß!«, lachte das Türmchen-Mädchen.

# Acht

Kurz bevor das Türmchen-Mädchen wieder nach Hause musste, zeichnete Biber eine Unendlichkeitsschleife in den Sand. »Weißt du, was das bedeutet?«, fragte er zärtlich.

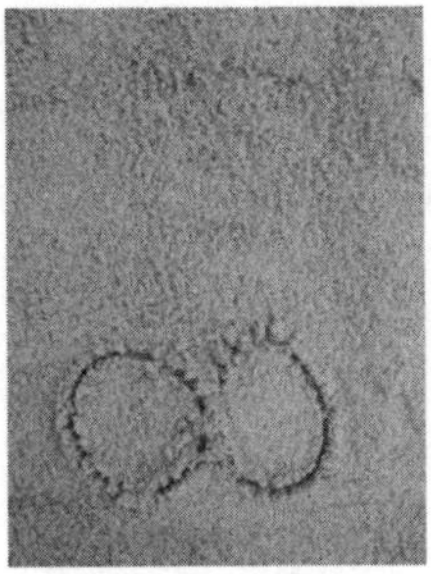

»Ja«, antwortete das Mädchen, das sich bereits an Bibers Hang zu spontanen Mathematik-Lektionen gewöhnt hatte: »Drei plus drei«, fuhr es fort, indem es, nun selbst eifrig im Sand schreibend, die Gleichung ergänzte, »macht acht.«

»Und wie es auf dem Markt eben so üblich ist«, berichtete Biber, der sich seiner Liebsten gegenüber gerne weltmännisch gab, »hat man uns dort natürlich auch etwas gestohlen …«
»Um Himmels Willen!«, rief das Türmchen-Mädchen erschrocken. »Was denn?«

»Nun«, antwortete Biber, »sagen wir so: Bevor wir im Dorf waren, hatte Großvaters Fahrrad *zehn* Gänge. Jetzt aber«, sagte er, sich zur Kette des an der Tanne lehnenden Rads hinunter beugend, »sind es nur noch: *zwei* Zahnkränze vorne – plus *fünf* Kränze hinten!

Den Rest«, seufzte er, betont gelassen, »kannst du dir nun ja denken.«

# Das siebente Leid

Nachdem sich Biber in das Türmchen-Mädchen verliebt hatte, nahm er die größten Opfer auf sich, um ihm seine Gefühle zu zeigen.

Mochte der hinterste Winkel von Großvaters Rosenhag auch der stacheligste sein – Biber kroch umso tiefer ins Gestrüpp: denn dort, in den Dornen, wuchs die letzte noch blühende Rose …
Und mochten auf dem Fluss bereits die gelben Blätter treiben – Biber sprang dennoch ins Wasser, tauchte darin nach einem noch gelber leuchtenden Stein …
Und mochte auch der erste Schnee das gelbe Land in weiße Laken betten – Biber schlief nicht, im Gegenteil: Er kletterte, im Morgengrauen, über den Lattenzaun der Türmchens, schlich – wie ein Indianer! – an dem in seiner Hütte schnarchenden Pudel vorbei auf den Rasen hinaus und stapfte dort, unter dem Fenster des Mädchens, mit bloßen Füßen eine große, ja, riesige, geradezu: *unendliche* Unendlichkeitsschleife in den schneeweißen Schnee …

Und als man ihn schließlich, zerkratzt und mit den Zähnen klappernd, vom Boden aufhob –
und als man ihn – die verdorrte Rose in der einen, den an der Luft ergrauten Flussstein in der andern Hand – durch den im ersten Sonnenschein schon wieder wegschmelzenden Schnee hinein ins Türmchen-Haus und vor das Türmchen-Mädchen trug –
und als der blutige, bibbernde Biber dort, im Turmzimmer des Mädchens (das gerade an seiner Frühstückstasse heißer Scho-

kolade nippte …), mit letzter Kraft hervorstieß: »'ch … lie-b-b-b-be … d'ch!« –
da antwortete das Mädchen, kaum aufblickend: »Danke« – und, nach einer kurzen Pause, die es darauf verwandte, über die Pfütze, die sich rund um Bibers blau gefrorene Zehen auf dem rosa Teppich gebildet hatte, die Stirn zu runzeln:

»Ich kann dich auch ganz gut leiden.«

# »Oh, wie niiiiiedlich –

unsere Tiere mögen sich!«, entzückte sich das Türmchen-Mädchen, als es erstmals mit seinem Hündchen auf dem Arm (es war ein kleiner weißer Pudel) zu Biber – besser gesagt: zu Mia, Bibers Katze – in den gelben Garten kam.

Und wirklich:
Der Pudel sah die Katze und fing an zu schnurren.
Und Mia, die Katze, wedelte mit dem Schwanz.

»Nimm dir doch ein Beispiel an deinem neuen Freund, dem Pudel!«, schimpfte Biber seine Katze, als diese, vor den entsetzten Augen des Türmchen-Mädchens, ein Mäuschen zerbiss. »Der verzichtet auf Fleisch. Er frisst nur Knochen.«

»Ist das eine Drossel?«, seufzte das Türmchen-Mädchen ergriffen.
Es war stehen geblieben, drückte Bibers Hand fester und schaute verträumt zu einer Baumkrone hoch, aus der es glockenhell zwitscherte.

»Nein, meine Liebe«, antwortete Biber, »das ist eine Ulme!«

## Der Steinschmätzer

war Bibers Lieblingssingvogel. »Aber Biber«, sagte das Türmchen-Mädchen, als die beiden, eines Frühlingsabends, den Melodien des Gartens lauschten, »hier bei uns, im gelben Land, ist

der Steinschmätzer

ja gar nicht heimisch!« Biber schaute schlau. »Das weiß ich doch. *Eben darum* aber ist er mir auch der liebste. Kein *wirklicher* Vogel, weder Amsel noch Nachtigall, singt so schön wie

der Steinschmätzer

*in meiner Vorstellung.*« »Ach, Biber«, seufzte das Mädchen – fragte dann aber, neugierig geworden, doch nach: »Wie klingt sein Gesang denn?« »Unvorstellbar schön«, antwortete Biber.

Bevor
Biber dem Türmchen-Mädchen unseren Schuppen gezeigt hatte, bevor er also seine kleine Freundin (die freilich etwas größer war als er) durch die bubenhohe Lücke in der Rückwand des Schuppens geschoben und sie sich dabei *fast* ihr ach so hübsches Köpfchen gestoßen hatte, war links oben in der Lücke noch eine Spinne gehockt: mit sechs dicken Beinen, acht dicken Augen und zahllosen, alles andere als undicken Borsten am Rücken …

Nachdem
die beiden aber wieder aus dem Schuppen heraus geschlüpft waren, nachdem das Mädchen sich wieder *fast* seine glatte Stirn an der Oberkante der Lücke gestoßen hatte und sein hoher, von einer steil aufragenden, schwarz-rosa-gepunkteten Schleife gekrönter Dutt durch das Anstreifen an der Kante in leichte Schieflage geraten war, konnte man von der Spinne, ihrem Netz und all den Staubfahnen, die sich darin verfangen hatten, keine Spur mehr entdecken.

Und so
musste ganz einfach wahr sein, was Biber seiner Liebsten (die dabei – wohl aus Romantik! – ein sanftes Krabbeln, nein, Kribbeln im Nacken, dann auch auf dem Rücken verspürte …) hinterher, als sie unter den Bäumen des Apfelhains lustwandelten, zärtlich ins Ohr hauchte: »Deine bloße Anwesenheit kann einen Ort verzaubern … Selbst unser Schuppen erscheint mir jetzt viel heller und sauberer als früher: wie aufgeräumt!, und abgestaubt!, und aufgewischt!«

## Vollmond

Es waren zwei Nachbarskinder, die hatten einander so lieb … Doch da sie heute Nacht zusammen nicht kommen konnten, bat Biber seine Liebste darum, um »neun Uhr Punkt«, wie er sagte, aus ihrem Turmfenster zum Vollmond hinaufzuschauen – er, im Schlafzimmer des gelben Hauses, täte es ihr gleich. Auf diese Weise würden sie, so Biber (der, im Grunde seiner zwei Herzen [siehe Seite 98], ein Romantiker war), wenn schon nicht einander, so doch beide dasselbe sehen – sie wären, wenn schon nicht in Wirklichkeit, so doch in ihren Gedanken (die, wie er hoffe, auch auf ihrer Seite des Gartenzauns ausschließlich zärtliche seien …) ganz beim anderen.

»Au ja«, rief das Türmchen-Mädchen (das, im Grunde seiner zwei Herzen [siehe Seite 103 f.], eine Romantikerin war) begeistert. Und weil es, als Frühschlafengeherin, in Sachen Nachthimmel nicht sehr bewandert war, fragte es, sicherheitshalber, noch nach: »In welche Richtung muss ich denn da schauen?«
Biber blieb gelassen: »Richtung Mond!«

# Andere Augen
# oder
# Die tröstliche Wärme ihrer so kleinen Hand

Während Biber noch damit beschäftigt war, sich geistig auf seine berühmt-berüchtigte »Biberbombe« vorzubereiten, war das Türmchen-Mädchen bereits, kopfüber, in den Fluss gesprungen. Die Gischt spritzte zur Sonne empor und machte Regenbögen, die fast noch hübscher waren als das Mädchen selbst.

»Wenn man sich vor Augen hält«, murmelte Biber (der sich viel, oft sogar *zu* viel vor Augen hielt), »dass all diese Farben immer schon, seit jeher!, in der Luft waren … Aber erst, seitdem du da bist«, fügte er leise, so leise, dass niemand, nicht einmal das Mädchen, es hören konnte, hinzu, »kann ich sie sehen.«

Wenn sich das Türmchen-Mädchen, kopfüber, in die Flussfluten stürzte, hatte das etwas von einem Delfin … Bibers »Biberbombe« hingegen, wie »berühmt-berichtigt« diese laut Auskunft ihres Urhebers auch sein mochte, machte einen ganz anderen Eindruck:

»Du schwimmst wie ein Nilpferd«, behauptete etwa das Türmchen-Mädchen eines Morgens, kaum dass Biber, wild prustend und um sich schlagend, im Epizentrum des durch seinen Sprung ausgelösten Schlammbebens aufgetaucht war.
»Na hör mal!«, japste unser armer Freund. »Das ist aber nicht sehr nett.«
»Warum denn?« Das Mädchen, das in sicherer Entfernung durch die Wellen glitt, lachte. »Nilpferde sind doch elegant.«
»Wirklich?«, rief Biber, während er sich den Schlick aus der in seinen Augenwinkeln aufglimmenden Hoffnung wischte. »Findest du? Nilpferde sind elegant?«
»Klar sind sie elegant«, antwortete des Mädchens sich mehr und mehr entfernende Glöckchenstimme. »Zumindest – für ihren Körperumfang.«

»Meinst du, ich bin zu dick?«, jammerte Biber – nachdem ihn das Türmchen-Mädchen, einmal mehr!, im Um-die-Wette-Schwimmen besiegt hatte.
»Aber Biber!« Seine Freundin lachte herzlich. »*Daran* liegt es doch nicht …«

Und er spürte die tröstliche Wärme ihrer so kleinen Hand auf seiner Schulter, als sie, urplötzlich ernst geworden, hinzufügte: »Sei ohne Sorge, mein Lieber. Dich trifft keine Schuld. Es ist einfach nur eine Frage der Intelligenz.«

# Andere Augen

»Wenn man im Fluss gewesen ist«, schwärmte Biber (der eben im Fluss gewesen war), »sieht man die Welt mit anderen Augen … Aber stell dir vor«, sagte er zu dem am Flussufer sonnenbadenden Türmchen-Mädchen, »ich *sehe* nicht nur besser, nein, ich *höre* auch besser und –«
»Und du *riechst* auch besser«, unterbrach ihn da, schnippisch schnuppernd, das Mädchen.

»In welchem Ohr klingt es?«,

fragte Biber das Türmchen-Mädchen, das neben ihm im Ufergras lag.
Das Mädchen gähnte, räkelte sich in der Sonne und zwitscherte dann, mit einer Stimme, so rosensanft wie das, woraus die Sommerwolken sind: »Links!«
»Hm«, antwortete Biber. Nachdenklich zerbiss er ein Gänseblümchen. »Versuch es noch einmal!«

»Neineineineinein!!!«,

schrie Biber und riss dem Türmchen-Mädchen, das sich soeben einen Apfel gepflückt hatte, die Frucht aus der bereits zum Mund geführten Hand. »Weißt du denn nicht mehr, was Großvater gesagt hat?!« Aufgeregt deutete er auf einen dunklen Punkt unter dem Stängel: »Ein Wurmloch!«

Da das Mädchen aber immer noch nichts als nur große Augen machte, sah Biber sich genötigt zu erklären: »Wenn du da hinein gerätst, fliegst du von hier – ans andere Ende des Universums … Und dass das passiert«, fügte er, mit Wangen, so rot wie die des Apfels, hinzu, »das will ich nicht.«

»EIEIEIEIEI!!!«,

schluchzte Biber. Er riss sich den Leib vom Hemd, schlug sich die Brust in die Finger, streute sein Haupt ins Laub … »Die Farben«, klagte er, wobei er die über Nacht, im ersten Nordsturm des Jahres, entblätterten Baumkronen anstarrte, »die Farben sind gestorben!« – Doch: »Siehe«,

sprach da das Türmchen-Mädchen, berührte ihn sanft an der Wange und drehte sein Gesicht gen Osten, wo – jenseits des ergrauten gelben Gartens, jenseits der schwarzen Knorrigtümer da und jenseits auch der aschfahlen Gerippe am Flussufer – der Morgen so schön erglühte, »siehe:

jetzt sind sie im Himmel.«

# IV

# Palast der Winde
oder
Grossvaters Liste

An manchen Morgen

kam der Wind vom Meer. Und das, obwohl das gelbe Haus, der gelbe Garten, ja, sogar unser ganzes gelbes Land, mit all seinen Häusern und Gärten, vom Meer weit entfernt lagen. Aber

an manchen Morgen

kam der Wind dennoch, konnte er gar nicht von woanders herkommen als: vom Meer – das wir, Binnenlandkinder, die wir waren, nur aus Großvaters Büchern kannten … Sagen wir so:

An manchen Morgen

kam der Wind von *anderswo*, und das meint: *ganz* woanders, irgendwo, wo es so ganz *anders* war als hier bei uns, im gelben Land, *so* anders, wie es eben nur am Meer war (dachten wir).

An manchen Morgen

kam der Wind auf, nur um Segel zu blähen – dann ging ein leises Zittern durch das Haus, und es schwojte herum, fing an zu stampfen, kämpfte sich schwer durch die Wellen aus Gras …

An manchen Morgen

kam der Wind auf wie das, was wir – damals – noch nicht brauchten: Hoffnung. – Ein Fenster flog auf; die Gießkanne auch; die Amsel, hoch oben im Tannen-Masttopp, juchzte vor Freude.

Nichts war so schön, wie im Vorhaus zu sitzen, wenn es regnete. Wenn es aufs Vordach trommelte, vom Rand des Vordachs tröpfelte, ein Wasserstrahl sich aus der Dachrinne knapp *neben* die Gießkanne (sie stand immer am falschen Fleck) ergoss. Die Büsche plätscherten (wie Bäche), die Tanne toste (ein Wasserfall?), und in den »Zappelpappeln«, wie Biber die Zeile der Zitterpappeln, Birken und Weiden am anderen Flussufer nannte, rauschte, wogte in baumhohen Wellen: das Meer. Nichts war so schön, wie jetzt, bei Regen, im Vorhaus zu sitzen – und an die Eichhörnchen zu denken, die irgendwo dort oben, in ihrem *Hochseekobel*, hin- und herschaukelten, oder sich vorzustellen, man wäre selber eins … Umso bedauerlicher,

dass es *in Wirklichkeit* – sprich: jenem Vorhaus zum Palast der Träume, in dem auch damals, im gelben Land, die Mehrzahl unserer Erlebnisse vonstatten ging – nie dazu kam. Zwar trommelte der Regen *tatsächlich* aufs Vorhaus, klatschte *echtes* Wasser gegen seine Planken, hob und senkte es sich, mit Blick auf die stampfenden Wipfel, wie ein *richtiger* Schiffsbug – doch wir, die Buben, saßen *nicht* darin. Stattdessen ragte dort, alle Plätze besetzend und die Sicht selbst auf Riesenwellen verstellend, der Haufen mit unserem Seemannszeug auf (das Weinkorkenfloß, zwei Fahrradschlauchboote, sieben Lattenrostpaddel …), den »bald, bald« wegzuräumen wir schon seit drei Sommern versprachen, und den Großvater – »leider, leider«,

wie Biber jammerte – immer noch nicht in den Schuppen gebracht hatte … *In Wirklichkeit* also saßen wir, wann immer es regnete, mitnichten vorne, im Vorhaus, sondern dahinter, auf der Schwelle der Haustür, und starrten ins Vorhaus hinaus – hinein in den Regen, von dem wir freilich nicht viel mehr erhaschten als da oder dort ein Tröpflein, das über ein staubiges Paddelblatt rann … Wie es wohl sein mochte, jetzt, bei Regen, *tatsächlich* dort vorne zu sitzen, wie es sich anfühlen mochte, wenn *echte* Gischt über die *richtige* Reling spritzte, die Spinnennetzsegel sich bauschten, das Vorhaus hinab in ein Wellental schoss – wir konnten nur: davon träumen. – »Und genau deshalb«, seufzte Biber, »ist es ja auch *so* schön …«

Grossvaters Geschirrspüler

war alt, *sehr* alt, er war so alt wie Großvater (wenn nicht *noch* älter), schnaufte wie Großvater (beim Unkraut-Jäten), zitterte wie Großvater (*nach* dem Jäten), und wie Großvater war auch

Grossvaters Geschirrspüler

groß – er war das mit Abstand größte Gerät in der Küche. Quer über seine breite Brust (*noch* breiter als die Großvaters!), die früher weiß gewesen war, nun aber zusehends ergelbte, trug

Grossvaters Geschirrspüler

eine Art Kriegsbemalung: drei schnittige, schlammbraune Geschwindigkeitsstreifen, die aus Bibers Pinsel (und seiner selbstgemischten Flusswasserfarbenpalette) stammten: »So sieht

Grossvaters Geschirrspüler

viel *schneller* aus«, meinte Biber. Und das tat auch Not, denn – wie bei einem so hohen Alter nicht anders zu erwarten (Ähnliches ließ sich ja auch an Großvater selbst beobachten) – ging

Grossvaters Geschirrspüler

*langsam, ganz langsam,* zu Werke. Stunden-, ja, tage- (wenn nicht gar wochen-!) lang rauschte, rumpelte er vor sich hin, mit *langen, ganz langen* Pausen dazwischen, während derer

Grossvaters Geschirrspüler

»mäusmuckschenstill«, wie Biber sagte, dastand – bis dann wieder, irgendwo tief im dicken Mauerwerk des gelben Hauses, eine der vielen unsichtbaren Wasserleitungen aufzischte und

Grossvaters Geschirrspüler

aufs Neue losschnaufte, loszitterte, losrauschte ... Schade nur – und dies steht ganz im Gegensatz zu Großvater und dessen Eigenschaften! –, dass die *Langsamganzlangsam*keit von

Grossvaters Geschirrspüler

nicht die geringste Gründlichkeit (und schon gar keine *Gründlichganzgründlich*keit ...) zur Folge hatte – im Gegenteil. Die meisten der Schüsselchen und Becherlein, die man in

Grossvaters Geschirrspüler

hineinsteckte, kamen genau so schmutzig wieder heraus – ja, viele von ihnen waren *nach* dem Geschirrgespültwerden sogar um Etliches schmutziger als *zuvor* ... Tatsächlich machte

Grossvaters Geschirrspüler

es also nicht nur notwendig, das Geschirr schon so sauber wie möglich (sprich: *gründlich, ganz gründlich*, mit der Hand *vorgespült*) einzuräumen (womit sich im Grunde das Spülen in

Grossvaters Geschirrspüler

erübrigte ...), nein, er verdammte einen (sprich: Großvater) auch dazu, es dann, beim Herausnehmen, *gründlich, ganz gründlich*, mit der Hand *nach*zuspülen – kein Wunder, dass

Grossvaters Geschirrspüler

bei uns, in der Küche des gelben Hauses, in Wirklichkeit so gut wie *nie* (wenn nicht sogar *noch* seltener als das) aufgeklappt, vollgeräumt oder gar eingeschaltet wurde. – Aber *wenn*

Grossvaters Geschirrspüler

doch einmal lief, *wenn* die Wasserleitungen in den Wänden zu tuscheln begannen, *wenn* die Küchenzeile jäh erzitterte, die Gläser im Kasten aufklirrten und tief, ganz tief, im Bauch von

Grossvaters Geschirrspüler

jenes Rauschen anhob, das dem des Meeres (das wir ja nicht kannten) so ähnlich war wie ein Türmchen-Mädchen dem anderen – *dann*: saßen wir, die Buben, am Boden, die Rücken an

Grossvaters Geschirrspüler

gelehnt, und hörten, die Augen geschlossen, nur zu – wie die Wellen sich brachen, wie stark sein Herz schlug –, und es war schön, ja, fast *zu* schön: fast wie im Vorhaus, wenn es regnete.

war gar keine Orgel. Sie war überhaupt kein Instrument, und er spielte auch nicht darauf. Stattdessen packte er ein paar leere Apfelsaftflaschen in seinen alten, zerschlissenen Zecker, und den Zecker auf den Gepäckträger, und sich selbst auf sein Fahrrad. Und wenn er dann

losfuhr, wenn er, die Reifen noch intakt, durch Raps und Sonnenblumen Richtung Dorf fuhr, war das, was hinter ihm, auf dem Gepäckträger, geschah, auch überhaupt nicht *seine* Sache – sondern eine von Fahrtwind, leerem Glas und Glück … Und nur wir, die Buben, nannten es

»Grossvaters Orgel«.

Wenn Grossvater im Regen Thymian pflückte,

so hatte das nichts Gutes zu bedeuten. Schließlich blieb auch Großvater bei Regen am liebsten drinnen, im Haus – noch lieber: im Vorhaus –, und schaute von dort in den Regen hinaus.

Wenn Grossvater *im Regen* Thymian pflückte,

konnte man also davon ausgehen, dass der Thymian dringend gebraucht wurde. Dringend aber brauchte man den Thymian, der üppig wie Unkraut wucherte, nur für eines: Hustentee.

Wenn Grossvater im Regen *Thymian* pflückte,

war somit anzunehmen, dass einer von uns Buben verkühlt war. Tatsächlich kam jedoch dafür nur ein einziger in Frage: Biber – der jedes Jahr wieder zu früh (oder zu spät) im Fluss badete.

Wenn Grossvater im Regen Thymian pflückte,

bedeutete das folglich, dass der Fluss noch (oder schon) zu kalt war; sprich: dass es *noch* nicht (oder nicht *mehr*) – und das heißt leider einfach nur: *nicht* – Sommer war. Nichts Gutes also.

# Grossvaters Liste

Über Großvaters Schaukelstuhl, gleich neben dem Stubenfenster, hing eine kleine grüne Schiefertafel, auf der sich Großvater so allerlei zu notieren pflegte.
»Sträucher schneiden«, stand da etwa geschrieben, und »Zaun reparieren«, und, in energisch hingeworfenen Großbuchstaben: »SCHUPPEN AUFRÄUMEN!«

Morgen für Morgen, sobald wir gefrühstückt hatten, holte Großvater jenes Drahtgestell hervor, das er sein »Spekuliereisen« nannte, atmete tief durch und studierte die Liste.
»Ah ja, sehr gut«, sagte er nach einer Weile (oder auch »Mhm« oder »Richtig«). Dann setzte er die Brille ab, den Strohhut auf und ging federnden Schrittes nach draußen.

...

Wie mühsam aber schleppte er sich heran, wenn er abends zurückkam! Schlaff schlurfte er zur Tür herein, schubste sie zu (sie fiel nicht ins Schloss ...), plumpste in seinen Schaukelstuhl.
Dort wühlte er in den Taschen seiner Latzhose: erst holte er – langsam, ganz langsam – ein Stofftaschentuch hervor (für den Schweiß auf der Stirn), dann die Lese- (und Schreib-)Brille.

Wir Buben eilten umgehend zu Hilfe. Der eine servierte Apfelsaft, der andere Kekse. Biber aber reichte – ungefragt – den Schiefergriffel ...
Und tatsächlich: »Unkraut jäten«, schrieb Großvater, mit zittriger Hand, unter die anderen Vorhaben – und wischte es

gleich wieder, da es ja heute (einmal mehr!) erledigt worden war, von der Liste.

»Es klopft! Es klopft!«,

rief Biber, zappelig wie immer, und Großvater, der soeben, nach getaner Gartenarbeit, in seinen Schaukelstuhl gesunken war, stand heftig ächzend wieder auf, um zur Tür zu gehen …

»Wer war es? Wer war es ?«,

umsprang ihn Biber, als er zurück in die Stube geschlurft kam. »Ach, es war nur der Buntspecht«, seufzte Großvater, Richtung Schaukelstuhl taumelnd, doch Biber hielt ihn auf:

»Was wollte er? Was wollte er?«

Bei Nordwind fing unsere Schaukel (sie hing an einem Tannenzweig) an, ganz von allein zu schaukeln, ganz ohne Antauchen und unbesetzt. »Da schau her, Boreas schaukelt!«, schmunzelte Großvater dann, und Biber lächelte milde und erwiderte: »Nein, es ist nur der Wind.«

Bei Südwind stand die Schaukel still. Stattdessen klapperte die Blechtafel, die schief an einen Vorhauspfeiler genagelt war. »Silentium!«, stand auf der Tafel – Bibers Werk, weil das Gezwitscher der Rotkehlchen, die dort unter dem Dach nisteten, ihn beim Nachdenken störte.

Bei Ostwind kehrte wieder Ruhe ein. Nur vom Tannenwipfel, dessen ewiges Rauschen, laut Biber, die Quelle eines jeden Windes war, regnete es auf unseren Mittagstisch herab. Alles, selbst Paradeissauce (die es nie gab), schmeckte an einem Tag wie diesem nach Tannennadeln.

Bei Westwind fiel kein Zweig, aber der Luftdruck, und aus dem Klo stieg ein Gestank auf, der dem von Bibers Socken nahe kam … Doch die waren es nicht, und Lüften half nicht, und während wir, die Buben, ins Freie flüchteten, stand Großvater am Herd und kochte Bohnensuppe.

## Die grosse Fahrt

»Schaut her!«, rief Biber, als er, noch nass vom Fluss, zum Frühstück kam: »Der Biberkönig hat mir eine Flaschenpost geschickt!«
Aufgeregt hielt er uns eine trübe, schlammtriefende Flasche entgegen.

»Aber Biber!« Der ganze Frühstückstisch lachte. »Das ist doch nur eine ganz gewöhnliche …«
»Nein«, ließ Biber uns gar nicht erst ausreden, »nein, ist es nicht! Steht denn auf einer ganz gewöhnlichen Flasche *mein Name* drauf?«

Und triumphierend präsentierte er das Flaschenetikett, auf dem, in verquollenen goldenen Lettern, tatsächlich sein Name zu lesen war – besser gesagt: *fast* sein Name – denn, wie Biber leise, als schäme er sich für die Rechtschreibschwäche seines Brieffreunds, hinzufügte:

»Das ›B‹ in der Mitte hat er leider vergessen.«

Bibers Plan sah vor, den Palast des Biberkönigs auf dem See-(nein: Fluss-)weg zu erreichen.

»Wenn man bedenkt«, sagte er, der zwar nicht immer alles, dafür jedoch manchmal zu viel bedachte, »dass sich der Fluss mit etwas mehr als einem Knoten Fließgeschwindigkeit von Hoboken *weg*bewegt, ich aber mit einem Tempo von knapp zwei Kilometern pro Stunde auf das Dorf *zu*schwimmen werde – so kann man leicht errechnen, dass ich, wenn ich täglich an die acht Stunden lang durchhalte, am Ende des ersten Reisetages dem Palast des Biberkönigs um rund« – die Kugeln des Rechenbretts schossen hin und her – »*einen Meter* näher bin …

»Wie angenehm!«, freute er sich. »Da kann ich ja zum Schlafen noch nach Hause kommen!«

Um ein Floß zu bauen, auf dem sieben Mann Buben einigermaßen bequem Platz fänden, brauchte man – wie Biber errechnet hatte – nicht weniger als siebenhundert Weinkorken.

»Wenn man berücksichtigt«, erläuterte Biber, der immer alles (wenn nicht sogar mehr als das) berücksichtigte, »dass unser Großvater jeden Abend, nach der Arbeit, ein Gläschen Wein trinkt, das heißt: alle sieben Tage eine Flasche geleert hat, sprich: einen Weinkorken pro Woche liefert – so ergibt sich daraus eine voraussichtliche Floßbaudauer von« – die Kugeln seines Rechenbretts flogen wild hin und her – »siebenhundert Wochen, das sind: hunderteinundsechzig Komma fünf vier Monate, besser gesagt: rund dreizehneinhalb Jahre …

Biberkönig«, jubelte er, das Rechenbrett wie einen Pokal empor stemmend, »wir kommen!«

Da Biber nicht nur die Arbeit am Korkenfloß, sondern auch jene am Modellflößchen (es sollte die Großartigkeit seiner Idee im Kleinen beweisen) viel zu schleppend voranging, beschloss er, »höchpersönlichst«, wie er sagte, bei der Korkenproduktion zu helfen – sprich: er trank die Weinflasche, aus der sich Großvater seit fünf, sechs Tagen einschenkte, einfach selber aus.

Unter Freudengeheul (und mit einem Zahnstocher) befestigten wir den so gewonnenen siebenten Korken an den anderen sechs, im Triumphzug trugen wir das Modellflößchen zum Fluss hinunter … Und tatsächlich: das kleine Floß glitt ganz ruhig, wie ein richtiges Boot, über die Wellen. – Nur Biber, der, die Heckleine in Händen, am Ufer stand, schwankte und schwankte.

# Grossvaters Bett

Als wir Großvaters altes Bett aus dem Schuppen holten – um uns daraus ein Boot zu bauen, ein richtiges Boot, eins mit Planken und allem, mit dem man dann den gelben Fluss hoch bis Hoboken, hoch bis zum Hof des Biberkönigs, »ja, bis ins Biberkönigbadezimmer«, wie Biber es ausdrückte, »hinein!«, rudern könnte –, fanden wir es in einem abscheulichen Zustand.
Im Lattenrost des Betts nisteten faustgroße Spinnen, seine Füße trieften vor Schneckenschleim, und auf dem Halbkreis des Kopfendes prangte, schwarz wie eine Piratenflagge, eine Mischung aus beidem: ein segeltuchstarkes, vor Fliegenleichen starrendes Spinnennetz, das über und über bedeckt war mit dicken, quecksilbern schillernden Schleimspuren – von wer weiß welchem Tier.

Es verschlug uns die Sprache: vor Ekel – bis schließlich Biber, wie so oft, als erster von uns Buben etwas zu sagen wusste.
»Es ist mir«, stammelte er, »ein Rätsel: wie ein so überaus gepflegter Mensch, wie unser Großvater es ist, jahre-, ja, wohl jahrzehntelang! – auf etwas so« – und dabei schüttelte er sich – »etwas so« – es würgte ihn – »auf«, winselte er schließlich, *»so etwas«* (er stieß das zwischen den Zähnen hervor), »schlafen konnte!
Wahrscheinlich«, schloss er betrübt, während wir anderen Buben, tief in Gedanken – Gedanken, die Großvater, sein altes Bett und all die Jahre, die das Bett schon im Schuppen stand, betrafen – noch schwiegen, »wahrscheinlich«, klagte Biber also zum Abschluss, »wird er langsam senil …«

Die Sonne ging im Auwald auf, hinter dem siebenten der sieben Flüsse, dem großen Strom (und in dem Tal hinter dem siebenten der sieben Grashügel, dem »Grasberg«, wieder unter),

der Mond aber, zumindest wenn er sich erneuerte (was, wie Biber berechnet hatte, einmal pro Monat der Fall war), kam aus Hoboken. Und deshalb, so Biber eines Hochsommermittags, als

die Sonne besonders heiß auf seinen Kopf schien, deshalb sei es womöglich gar nicht nötig, *den direkten Weg* nach Hoboken – ob nun per Fluss oder per Floß – zu suchen. Schließlich sei

der Mond ja bereits von Astronauten betreten worden – und hätten diese bis Neumond auf ihm ausgeharrt, so wären sie auch nach Hoboken gelangt! »Wir brauchen also nur eine Rakete

usw.«, fuhr Biber, hitziger denn je, fort, »um zum Palast des Biberkönigs zu kommen …« Und seine Hand klatschte gegen seine Stirn, als er ausrief: »Manchmal ist die Lösung so einfach!«

»Fürchtet euch nicht!«, rief Biber, als wir uns weigerten, das, was er »Abschussrampe« nannte, zu besteigen, »denn ich, ich höchpersönlichst, habe alles ganz genau berechnet!«

# Auwaldnacht

»Wenn ihr einmal etwas *wirklich* Schönes sehen wollt«, flüsterte der Waldläufer, der zugehört hatte, wie Biber vom Palast des Biberkönigs (und anderen Hoboken-Highlights) schwärmte,

»dann kommt in den Auwald, sucht euch ein Plätzchen am Rand einer Lichtung und bleibt dort stumm liegen, bis die Wildschweine auftauchen. Spät, *sehr* spät, in tiefster Auwaldnacht,

wenn die Bäume zu Schatten und die Schatten lebendig werden«, raunte er (während wir Buben, die wir unter der Tanne saßen, eng zusammenrückten), »werden sie kommen … Passt

dann gut auf, schaut genau hin: achtet auf den Kontrast zwischen ihren massigen Körpern und den langen, unendlich dünnen Beinen, auf denen sie sich flink, ja, geradezu zierlich fortbe–«

»Wenn es *so* finster ist«, unterbrach Biber, »kann man denn da überhaupt etwas erkennen?« »Natürlich nicht!«, knurrte der Waldläufer: »Sonst wäre es ja wohl kaum *so* schön, oder?!«

## Das Wichtigste

»Die einzige Möglichkeit, das Herz eines Wildschweins zu gewinnen«, erläuterte der Waldläufer, »besteht darin, ihm eine Schnur um die Hörner zu …«
»Das soll wohl ein Witz sein«, unterbrach ihn da Biber. »Wildschweine haben doch gar keine Hörner!«
»Nein – aber Herzen«, antwortete der Waldläufer. »Und das ist das Wichtigste.«

»Im Auwald gibt es auch kein Haus«, brummte der Waldläufer, als wir ihm vorschlugen, seine Notdurft das nächste Mal doch bitte *im Haus* zu verrichten (und nicht schon wieder in der Hecke der Türmchens …), »im ganzen Wald, so groß er auch sein mag, kein einziges. Aber

im Auwald«, fuhr er verdrossen fort, »gibt es ja überhaupt nichts: kein Haus, keine Türmchens, kein Klo. Geh einen Tag, eine Woche, ja, geh einen Monat lang geradeaus: du wirst kein Klo finden, und wenn du es noch so dringend brauchst … Das einzige Haus, das es

im Auwald geben mag«, grummelte er (mit einem Zittern in der Brummbärenstimme – wie wenn, im Sommer noch, der erste Hauch des Winters in die Pappeln fuhr), »ist dieses: das Haus der Abwesenheit. – Niemand wohnt in dem Haus, und es fehlt dort an allem, und doch:

im Auwald gibt es nichts, was größer wäre … So groß ist das Haus der Abwesenheit«, seufzte der Waldläufer, sich im Bart kratzend (aus dem, wie Blätter, ein paar Schuppen fielen), »dass es im Grunde keine Mauern hat. Und ein so durchsichtiges Haus ist die Abwesenheit, dass du

im Auwald, im ganzen Auwald, *immer* und *überall* von allen – *allen*!«, stöhnte er auf, »gesehen wirst. Und versuch einmal, Lulu zu machen«, schloss der Waldläufer düster, »wenn du weißt, alle dort in dem Haus schauen dir zu … Nein, danke. Da gehe ich lieber im Freien.«

# Verschiedenfarbige Schnüre

Über seinem Poncho trug der Waldläufer eine komplizierte Fischerjacke mit unzähligen kleinen Taschen. Verschiedenfarbige Schnüre hingen aus den Taschen und waren mit Sicherheitsnadeln an den Schultern befestigt.
»Was hat es denn mit dieser Weste auf sich?«, fragte Biber, der – wie wir alle – den Aufzug des Waldläufers neugierig beäugte.

Der Waldläufer antwortete, er sei sehr vergesslich. Dank seiner Fischerjacke aber, erklärte er, habe er für alle Dinge – »all die kleinen Schätze«, sagte er wörtlich –, die er bei sich trage, ein eigenes Fach. An jedem Schatz – »jedem Geheimnis«, sagte er – sei eine Schnur befestigt: an dem einen eine rote, am nächsten eine blaue und so weiter.
Wenn man erst einmal wisse, was »rote Schnur« oder »blaue Schnur« bedeute, schloss er verschmitzt, könne man nie, *niemals* mehr in die falsche Tasche greifen.

»Und was *ist* in den Taschen?«, fragte Biber (der – wie wir alle – bei der Erwähnung von »Schätzen« und »Geheimnissen« sichtlich aufgehorcht hatte …) mit vor Aufregung piepsig gewordener Stimme.
Der Waldläufer schaute sich erst verstohlen um, beugte sich nah, ganz nah, zu Bibers Ohr und zischte dann, zwischen seinen zum Sprachrohr gewölbten Händen hindurch: »Verschiedenfarbige Schnüre!«

Das Buch des Waldläufers

war gar kein Buch, sondern ein einzelnes Blatt Papier, das der Waldläufer – wie er uns Buben stolz präsentierte –, in der Mitte, der Breite nach, gefaltet hatte. »Na und?«, fragte Biber – rückte aber, wie wir alle, neugierig näher, als er sah, dass sich dieses eine gefaltete Blatt, das

das Buch des Waldläufers

darstellen sollte, an seinen beiden Querkanten aufs Neue teilen ließ: der Waldläufer bohrte einen seiner langen, schlammverkrusteten Fingernägel in die so dünn wirkende Schnittfläche, und diese öffnete sich – wie ein Buch. Statt der nur vier Seiten des gefalteten Blatts umfasste

das Buch des Waldläufers

nun also bereits acht – und als Biber eben einen witzigen Vergleich mit *Winnetou* oder einem anderen Wälzer in Großvaters Bücherschrank anstellen wollte, begann unser Gast damit, die eben erst durch Blattspaltung gewonnenen Seiten ein zweites, drittes, viertes Mal zu teilen …

das Buch des Waldläufers

wuchs vor unseren Augen – und die wuchsen mit ihm: erst sechzehn Seiten, dann zweiunddreißig, vierundsechzig und immer und immer mehr mehr als hauchdünne Blätter: spiegelten sich in den analog dazu immer größeren und größeren Augen, die wir, die Buben,

DAS BUCH DES WALDLÄUFERS

beäugend, machten. Während der Waldläufer so vor sich hin »blätterte«, gab seine bärtige große Klappe Texte von sich wie: »Ein opulentes Meisterwerk – passt aber trotzdem in jede Hosentasche« oder »Mitreißend bis zur letzten Seite« oder »Grandios!« – und tatsächlich war

DAS BUCH DES WALDLÄUFERS

nicht nur das dickste Buch, das uns jemals untergekommen war, sondern – darin waren wir uns hinterher einig – auch das allerallerbeste. Und es störte niemanden, nicht einmal Biber, der doch sonst beim geringsten Anlass, wenn nicht noch häufiger, verstört war, dass

DAS BUCH DES WALDLÄUFERS

weder auf seinem weißen Deckel noch auf seinem weißen Rücken noch auf den, wie Biber baff flüsterte, »mittlerweile rund viertausendundsechsundneunzig Seiten« seines Buchblocks eine Geschichte, einen Satz oder auch nur einen einzigen Buchstaben stehen hatte … O nein,

DAS BUCH DES WALDLÄUFERS

hatte derlei »Schnackschnick« (wie Biber gesagt hätte) nicht nötig. »Im Auwald«, murmelte sein Erfinder (Autor?), während er weiterhin, mit geschlossenen Augen, eine neue Doppel-Leerseite nach der anderen aufschlug, »ist es abends ohnehin viel zu dunkel, um zu lesen.«

# Fauna des gelben Landes (2):

## Die Zucchinischnecke
## und vier andere Tiere

nannte Großvater den dicken Brummer, der jeden Sommer in der Küche umhersummte.

Emma, die Hausfliege,

war ein erstaunliches Tier. Nicht nur, dass sie Jahr für Jahr wie verjüngt wiederkehrte, nein,

Emma, die Hausfliege,

besaß auch die Eigenschaft, sich an zwei Orten *zugleich* aufhalten zu können. »Da schau her,

Emma, die Hausfliege,

hörte man etwa Großvater, wenn er vormittags Essen kochte, aus der Küche rufen – wo doch

Emma, die Hausfliege,

gerade über die Klowand kroch … Aber damit nicht genug. »Stellt euch vor. Im Dorfcafé war

Emma, die Hausfliege,

auch!«, erzählte Biber, der mit Großvater ebenda heiße Schokolade getrunken hatte. »Da ist ja

Emma, die Hausfliege,

habe Großvater gesagt, kaum dass sie am Dorfkaffeehaustischchen Platz genommen hätten.

EMMA, DIE HAUSFLIEGE,

ist uns also den ganzen weiten Weg über die Felder bis ins Dorf gefolgt«, rief Biber, während

EMMA, DIE HAUSFLIEGE,

seinen Stirnschweiß umsummte. »*Das* nenne ich Treue«, schloss er, mit Tränen in den Augen.

waren unzertrennlich. Das mochte daran liegen, meinte Biber, dass sie einander – »so wie wir, die Buben« – schon von ganz klein auf kannten. Frühling für Frühling, wenn Großvater den Setzling, den er am Küchenfensterbrett gezogen hatte, an einer besonders weichen Stelle ins Beet steckte, kamen auch schon, obwohl sie selbst noch mickrig, ja, geradezu putzig waren,

die Nacktschnecken

herangerobbt und kuschelten sich an die zarten Blätter. Dort saßen sie dann, durch nichts (weder durch Großvater, der sie Abend für Abend aufs Neue in einen Kübel klaubte und zum Komposthaufen trug, noch durch die Sommersonne, die Tag für Tag auf den Garten herabbrannte) dauerhaft davon abzubringen – und wurden immer größer, dicker und gelber.

Die Zucchinipflanze

aber blieb so klein wie im Frühling und brachte nur dann und wann eine Blüte, nie eine Frucht hervor – es sei denn, man betrachtete ihre Freunde, unter deren Gewicht sich ihre Stängelchen Morgen für Morgen tiefer und tiefer neigten, als ihre eigentlichen, ihre wahren Früchte … Erst spät im Spätherbst, nein, früh im Frühwinter, wenn bereits der erste Raureif lag, waren

die Nacktschnecken

dann mit einem Mal verschwunden – und Biber, der ihr Fehlen als Erster bemerkte (weil er, um einen allerletzten Badeversuch zu wagen, schon im Morgengrauen, barfuß, in Anorak, Mütze und Badehose, am Gemüsebeet vorbeibibberte), blieb stehen, schaute groß und lächelte schließlich erleichtert. »Mmm, jetzt wird es endlich leckere Zucchini geben!«, frohlockte er.

## Die Eidechse

»Was für eine großartige Schauspielerin die Eidechse doch ist!«, rief Biber. »Vorgestern ist sie von der Katze angegriffen worden – und heute«, sagte er, sich zu dem kleinen gelben Körper, der reglos vor dem Vorhaus lag, hinunterbeugend, »stellt sie sich immer noch tot.«

»Arme Krähe!«,

stoßseufzte Biber – eines Novembermorgens, als er drinnen, hinter dem Stubenfenster, hockte und dem Treiben draußen, im nebligen Garten, zuschaute. »Du findest die Nuss zwar, nimmst sie auch in den Schnabel, fliegst sogar mit ihr davon – doch schon nach den ersten zwei, drei Flügelschlägen fällt sie dir wieder herunter, noch dazu auf den Kiesweg, und geht dabei kaputt … Du bist wohl so wie ich«, murmelte er, baff vor Mitleid: »Klug, aber ungeschickt!«

## Der erste Schmetterling

kam mitten im tiefsten Winter, mitten in der bittersten Kälte des Jahres, zu uns in den Garten. Er lag unter einem wuchtigen Stück Buchenholz, das Biber vom Stapel neben der Eingangstür gehoben hatte, um es drinnen, damit das Feuer nur ja nicht ausginge, in den Ofen zu legen.

## Der erste Schmetterling

war ein Pfauenauge. Sein einer Flügel war geknickt, der andere mit dickem Holz- und Spinnwebstaub bedeckt, und doch leuchteten seine Farben – sein Rot! sein Blau! – im eintönigen Schneeweiß des Winters so stark und lebendig wie seit dem Sommer nichts mehr.

## Der erste Schmetterling

des Jahres würde, das wussten wir, für lange, lange Zeit der letzte bleiben – und Biber, der, das Holzscheit in der Hand, wie festgezaubert dastand und ihn anschaute, flüsterte jedem, der ins Vorhaus kam, um das Wunder mit eigenen Augen gesehen zu haben, zu: »Pst, er schläft!«

# V

# V

# Brennnesseln

## Brennnesseln

Im Niemandsland zwischen dem gelben Garten und dem Rasen der Türmchens, da, wo sich im Lattenzaun, den der Türmchen-Onkel hochgezogen hatte, die große Lücke auftat, wuchsen – umgeben von Spitzwegerich, Sauerampfer und anderen Pflanzen, die wir »Kräuter«, die Türmchens aber »*Un*kräuter« nannten – mehrere Brennnesselstauden, aus deren Blättern Großvater einen unserer Lieblingstees zu brauen pflegte.
Besser gesagt: sie *waren* dort gestanden, denn als Biber eines Frühlingsmorgens durchs Unterholz schlich, fand er nicht nur die Stauden umgeschnitten, sondern auch ihre Wurzeln ausgerissen und die noch frischen Erdwunden, wie sich am welken Gras ringsum erkennen ließ, mit Gift bestäubt …

»Du hast unsere Brennnesseln getötet!«, rief er (vor Entsetzen seine Deckung, seine Schüchternheit und das Sie-Wort aufgebend), als er den Türmchen-Onkel, mit Motorsense und Giftkanister schwer bewaffnet, auf der anderen Seite des Zauns vorbeimarschieren sah.
»Schon gut, mein Junge«, antwortete dieser. Er beugte sich über den Zaun und tätschelte, mit seiner von Pflanzenblut triefenden Hand, Bibers Wange: »Du brauchst dich nicht zu bedanken!«

Bei den Türmchens zu essen (beziehungsweise, wie die Türmchens es ausgedrückt hätten, »zu speisen«), stellte Bibers streng vegetarische Gesinnung wieder und wieder auf eine harte Probe …

»Probier doch hier von dem Marillenkäse«, sagte das Türmchen-Mädchen etwa, »er schmeckt ganz süß – wie Gummibärchen!«
»Nein danke«, gab Biber dann tapfer zur Antwort (obwohl er, als Käse- *und* Marillenliebhaber!, sehr gerne davon gekostet hätte), »du weißt: meine Überzeugung verbietet es mir, Gummibären zu essen.«

»Aber Biber!« Der ganze Türmchen-Tisch lachte. »*In Wirklichkeit* sind ja keine …«
»Ja, ja«, wehrte Biber den reihum aufkommenden Protest gleich im Ansatz ab, »ich weiß schon: Gummibären sind keine *wirklichen* Tiere … *Aber*«, fügte er, etwas verlegen, weil er damit – wieder einmal! – die Unwissenheit seiner Zuhörer bloßstellen musste, hinzu, »*aber* sie bestehen aus Gelatine, und die wird« – er blickte traurig auf den Teller des Mädchens – »aus Kühen gemacht.«

»Mmmh! Mmmh!«,

machte Biber. Dabei streckte er den Arm nach dem Krug mit Ribiselsaft aus, der knapp, aber doch, außerhalb seiner Reichweite auf dem Türmchen-Tisch stand – und schubste gleichzeitig, mit dem Ellbogen, das neben ihm (sprich: näher beim Krug) sitzende Mädchen.

Dieses reagierte ungehalten. »Wie heißt das Zauberwort?«, fragte es streng.
»Ribiselsaft!«, strahlte Biber.

Der Zwerg

stand im Türmchen-Garten, ungefähr in der Gartenmitte, dort, wo bei uns die Tanne stand.

Der Zwerg

war aus Ton, trug eine Tonzipfelmütze. Blumen aus Ton wuchsen zu seinen tönernen Füßen.

Der Zwerg

wurde von den Türmchens gut behandelt (»besser als so mancher Gast«), es schien fast, als sei

der Zwerg

(»im Gegensatz zu anderen«) als Hausfreund, ja, als vollwertiges Familienmitglied akzeptiert.

Der Zwerg

wurde von der Tante geputzt, vom Onkel poliert, der Pudel ludelte ihm nie auf die Stiefel.

Der Zwerg

unterhielt auch zum Türmchen-Mädchen eine bemerkenswert enge Beziehung ... So wurde

der Zwerg

dabei beobachtet, wie er Nachmittage lang mit dem Mädchen Märchen nachspielte (wobei

DER ZWERG

sich selbst verkörperte und sie abwechselnd das Schneewittchen und die böse Königin).

DER ZWERG

machte nicht immer alles, sondern nie etwas falsch, er bekam vom Mädchen keine Knüffe,

DER ZWERG

wurde auch nicht getadelt, wenn er beim Osterfest nur still und stumm dastand. Kurz:

DER ZWERG

war allseits beliebt (nur Biber sagte, er habe mit ihm noch »ein Rühnchen zu hupfen«). –

DER ZWERG

hatte sein Plätzchen unterm Ginsterbusch, und als dieser im Frühling ergelbte, kriegte auch

DER ZWERG

(von der so zarten Hand des Mädchens!) einen knallgelben Zipfelmützenzipfel aufgepinselt.

DER ZWERG

stach einem in jenem Frühling also tatsächlich ins Auge – und wer (oder gar was) anderes als

DER ZWERG

hätte Biber einfallen sollen, als er beim großen Osterfest der Türmchens still und stumm (wie

DER ZWERG)

vom Kreise der Familie umzingelt herumstand und vier strenge Blicke (Onkel, Tante, Pudel,

DER ZWERG)

und fünf feste Knüffe (von der so harten Hand des Mädchens!) ihn dazu zwangen, anders als

DER ZWERG

sein angenehmes Stein-Sein aufzugeben und das zu betreiben, was er »Konservation« nannte.

»DER ZWERG«,

hob er an – und das Mädchen hob seine so hübschen Augenbrauen, fragte streng: »Ja?« –

»DER ZWERG«,

wiederholte Biber verwirrt (wobei sein Gesicht ganz rot wurde, rot wie der Ton, aus dem

DER ZWERG

gemacht war [während das Mädchen immer bleicher wurde, je länger Biber stammelte ...]),

»DER Z-Z-ZWERG«

stotterte Biber (hektisch, beidhändig, auf den so ginstergelben Mützenzipfel deutend, den

DER ZWERG

ungerührt, aber doch stolz, ja, womöglich prahlerisch in den Frühlingshimmel streckte),

»DER ZWEHEHEHERG«,

brach es schließlich, mit einem schrillen Kichern, aus Biber, »seht nur, wie hihi-hübsch

DER ZWERG

blühüt!«

## Wie es kam, dass Biber das Osterfest der Türmchens vorzeitig (und fluchtartig) verlassen musste

Nachdem Biber, durch eine allzu begeisterte Armbewegung (er hatte von seinen Reisen nach Hoboken berichtet ...), den Saftkrug umgeworfen und dessen Inhalt, einen Liter Ribiselsaft, über die Schlachtplatte des Türmchen-Onkels, das Erdbeertörtchen des Türmchen-Mädchens und das neue, strahlend weiße Seidenkleid der Türmchen-Tante geschüttet hatte, schimpfte diese nicht, sondern machte, wie uns Biber, ribiselrot vor Aufregung, unmittelbar danach berichtete, etwas »viel, viel Böseres«:

Sie verdrehte die Augen (»wie von einem Dämon besessen!«), murmelte etwas vor sich hin (»sicher ein Zauberspruch!!«) und sagte dann (»gruselig leise!!!«) zum Onkel: »Hol doch bitte die *Küchentrolle* raus ...«

## Richtig und Falsch

Als glühender Vegetarier war Biber auch beim Osterfest der Türmchens vor schwierigen Entscheidungen gestanden …

»Die gebackenen *Mäuse*, die Nuss*schnecken* und den *Reh*rücken habe ich selbstverständlich nicht angerührt«, erzählte er – hinterher, als er, immer noch aufgeregt, aber sichtlich mit sich zufrieden, wieder bei uns unter der Tanne saß. »Hab ich mir eben beim Hauptgang den Bauch vollgeschlagen – da gab's ja kein Fleisch, zumindest kein *richtiges* …«
»Sondern?«, fragte Großvater.
»*Falschen* Hasen«, antwortete Biber.

# Falscher Hase

Nachdem Biber dem Türmchen-Mädchen anderntags erklärt hatte, dass es mitnichten der Osterhase gewesen sei, der die Eier bei ihnen im Garten versteckt hatte, sondern ihr Onkel, weinte es bitterlich.

»Warum, o warum«, schluchzte es hinter dem Gitter aus Fingern, mit dem es sein Gesichtchen versperrt hatte, hervor, »warum kommt zu uns nur der Onkel – zu euch aber der richtige Osterhase?«

# Fauna des gelben Landes (3):

## Der Torpedokäfer
## und sechs andere Tiere

Wie sich im Neuschnee leicht erkennen ließ, hatte der Hase in der Nacht denselben Weg gewählt, den Biber jeden Wintermorgen zu nehmen pflegte: bei der hinteren Pforte (neben dem Komposthaufen) aus dem gelben Garten hinaus, »zuckruck« im Zickzack durch den Apfelhain und über den Lattenzaun hinüber (beziehungsweise: darunter hindurch) in den Garten der Türmchens hinein, bis zum Türmchen nach vor, zu jener Wiese, auf die hinaus das Mädchen dann, viel später, wenn es endlich erwacht sein würde, sein Fenster öffnen würde …

»Nur eines verstehe ich nicht«, murmelte Biber, als er fröstelnd dort unter dem Fenster wartete. »Warum um Himmels willen ist der Hase den ganzen Weg rückwärts gegangen?!«

»Die Kannibalen kommen!«,

kreischte Biber, als die Entenfamilie (Großerpel und sieben Küken) die mit Schneeglöckchen übersäte Auwiese hoch watschelte – denn, wie er dem Türmchen-Mädchen, das große Augen machte, zähneklappernd erklärte: »Großvater sagt, sie fressen *Enten*grütze!!!«

»Pscht!«,

zischte das Türmchen-Mädchen, als Biber die Sonnenliege, den Sonnenschirm, die Sonnencreme, Sonnenbrille und alles, was er seinem Sonnenscheinchen, wann immer es sich sonnen ging, sonst noch so hinterher trug, ins Gras plumpsen ließ, »mach doch nicht *so* einen Radau! Ich wette, *du* hast ihn noch nicht einmal gesehen …«
»Wen denn?«
»Na, den Silberreiher!«
»Das macht nichts«, keuchte Biber, »dafür hat der Silberreiher *mich* gesehen!«

## Die grösste Spinne

wurde klein, sobald man sie, wie Großvater es zu tun pflegte, in einem leeren Marmeladeglas nach draußen gebracht hatte. Wie riesig uns ein solches Tier, mit all seinen Tentakeln, Beißscheren und Stacheln, drinnen, *im* Haus – ob nun über dem Kopfende des Betts oder gar in ihm drin! –, auch erschienen war, so zwergenhaft verloren krabbelte es dann, draußen, in der Wiese, zwischen den selbst so winzigen Grashalmen, Tannenzapfen und Steinchen umher.

## Die kleinste Spinne

wurde aber groß, sobald die Türmchen-Tante sie nur zu Gesicht bekam. Eine Spinne, die bei uns *drinnen* für mickrig gegolten hätte, nannte sie, wenn sie ihr *draußen*, auf der Terrasse, begegnete, »kolossal«, »gigantisch« oder gar, kreischend, »ein Ungeheuer!« Und dabei war, in Wirklichkeit, ja nichts, nicht einmal ein »Mirko-Organismus«, wie Biber sagte, so unendlich klein wie das, was die Tante, dann, hinterher, von der Sohle ihres Gummipantoffels kratzte …

»Hiiiiilfe! Ein Moskiiiiito!«,

kreischte das Türmchen-Mädchen (das seiner Tante in mancherlei Hinsicht recht ähnlich war) – und wirklich: ihr Retter, ja, Ritter (der Bub, den sie »Biber« nannten), kam sofort herbeigesprengt.
Er sprang von seinem (imaginären) Pferd, warf einen kühnen Blick auf das am linken Fußknöchel des schreckstarren Mädchens hockende Ungetüm – und lächelte milde.
»Keine Angst, meine Liebe«, sagte er, während er vorsichtig, um das Tier ja nicht zu stören, zurückwich, »es ist nur eine Gelse.«

## Ein Wurm!

Großvater war unser Socken-, Pullover- und Hosenstopfhäuptling – wenn auch kein allzu versierter: er flickte das eine Hosenbein mit dem anderen, wenn Sie verstehen, was ich meine.

Biber aber nutzte seine Hosentaschen als doppelten Wanderwandschrank – den er täglich mit möglichst viel möglichst scharfkantigem Zeug möglichst voll füllte. Und so geschah es, dass

das Türmchen-Mädchen große Augen machte … Erst starrte es auf Bibers Hosenlatz, dann wurde es ribiselrot und schließlich kicherte es (leise, damit die Tante es nur ja nicht hörte): »I,

ein Wurm!«

»Gestern Abend habe ich einen Marienkäfer verschluckt«, erzählte Biber – doch als er sah, dass sich die Augen seines Mädchens daraufhin gleich mit dicken Tränchen füllten, fügte er schnell hinzu: »Keine Angst: es geht ihm gut! Heute Morgen, als ich gerade auf dem Klo gesessen bin, ist er wieder aus mir heraus geflogen.«
»Hast du ihn denn gesehen?«, fragte, mit etwas Ähnlichem wie Regenbögen im Blick, das Türmchen-Mädchen.
»Nein, aber gehört«, antwortete Biber.
»Wirklich?«
»Aber ja!« Biber tätschelte das Händchen seiner Liebsten, lächelte sie milde, nein: zärtlich, an und sagte dann, so sanft und salbungsvoll wie nur irgendwie möglich: »Er ist aus meinem Popsch gebrummt wie ein Torpedo!«

# Versteh mich bitte nicht falsch, aber
oder
# Meine vollkommenste Vorstellung von der himmlischen Seligkeit

sagte das Türmchen-Mädchen, wobei es sein kleines, feines Näschen mit beiden Zeigefingern zuhielt, »aber«, näselte es also (und wandte sich, so weit wie nur irgendwie möglich, von dem neben ihm unter der Tanne sitzenden Biber ab), »würde es dir etwas ausmachen, Biber, dir die Zähne zu putzen?«
»Nichts lieber als das!«, entgegnete dieser, während er, so gut es eben ging, seine Zwiebelkuchen-mit-Knoblauch-Sauce-verseuchte Mundhöhle mit beiden Handflächen abzudecken versuchte. Er sprang auf, rannte ins Haus – noch draußen hörte man ihn, mehr als nur drei Minuten lang, gurgeln, scheuern, spucken, würgen …

…

»Hallöchen«, hauchte Biber, als er, sein breitestes Lächeln auf den Lippen, wieder unter der Tanne Platz nahm. Ein mit sich, der Welt und seinem Atem zufriedenes Seufzen löste sich aus der Tiefe seines pfefferminzfrischen Rachens, schwebte kardamomklar durch die Luft und schmiegte sich calendulasüß um die Locken seiner Liebsten.
Diese aber fuhr hoch, wie von der Kreuzspinne, die im Zweiggewirr über ihr hockte, in den Nacken gezwickt. »Ich muss gehen!«, jammerte sie, schon lostrippelnd – und als der aus allen Duftwolken purzelnde Biber ihr nachrief: »Aber wieso denn?«, bekam er ein Schluchzen zur Antwort: »Neben dir fühle ich mich stinkig …«

## »Meine vollkommenste Vorstellung von der himmlischen Seligkeit«,

sagte das Türmchen-Mädchen, »ist es, mich in einem rauschenden Pappelwipfel zu wiegen, dabei müsste eine schwache Brise wehen und leuchtend weiße Schäfchenwolken müssten über mir dahinziehen. Nicht nur Schwarzdrosseln, auch Sperlinge und Hänflinge müssten von allen Seiten ein Konzert veranstalten; und in der Ferne müsste man die Au sehen mit ihrem –«

»Neineineineinein!!!«, unterbrach es da Biber, »das ist doch alles ganz falsch! – Es muss die Krone einer *Weide* sein, in der man *schaukelt*, und dazu muss ein *kräftiges Lüftchen* blasen, und hoch oben müssen *Kumuli* treiben. Und dann müssen es *Amseln* sein, und *Spatzen* und *Flachsfinken*, die für einen *singen* – während da hinten der *Fluss* im Sonnenschein glitzert …

Ach«, stöhnte er, während das Türmchen-Mädchen, verstört, ein gutes Stück von ihm abrückte, »machen wir uns nichts vor: Wir beide haben einfach *viel* zu wenig gemeinsam …«

# Gänseblümchen

Wir befanden uns im frühen Frühling. Das ganze gelbe Land war von Gänseblümchen übersät. Das ganze gelbe Land? Nein! Während sogar auf dem sonst immer nur giftgrünen Türmchen-Rasen riesige, fast margeritengroße Gänseblümchen, ja, Gänse*blumen* in den nun schon so milden Winden wogten, ließ sich bei uns, im gelben Garten, kein einziges, nicht einmal das allerklitzekleinste *Gänschen*blümchen entdecken …
Warum das so war, wusste niemand. Die Tanne schwieg, die Katze verstand die Frage nicht, und nicht einmal Großvater, den wir, die Buben, rätselhaft wie uns diese Sache schien, schleunigst damit konfrontiert hatten, wollte uns weiterhelfen. Ganz kurz nur schaute er vom Unkraut-Jäten auf und schnaufte: »Da müsst ihr schon Biber fragen« – der aber war, in diesem Frühling mehr denn je, nicht ansprechbar.
Den lieben langen Tag saß er immer nur unten am Fluss, wandte der Welt (sprich: uns) den Rücken zu, starrte ins Gänseblümchen-Blütenblätter-übersäte Wasser und brabbelte ununterbrochen etwas vor sich hin, was aus der Ferne, aus der wir ihn ratlos betrachteten, klang wie: »Sie liebt mich … Sie liebt mich nicht … Liebt mich … Liebt mich nicht …«

»Wenn ich die Liebe nicht begreife«,

seufzte Biber, als er, den Stein der Weisen in der Hand, am Flussufer saß, »was nützt es mir, den Rest begriffen zu haben?«

(Platsch.)

»An sg. Hr.
Biber, c/o Grossvater,
Gelbes Haus, Gelbes Land,
Erde, Sonnensystem, Milchstrasse,
Universun«,

stand auf dem rosafarbenen, mit zwei Türmchen verzierten und offenriechlich stark parfümierten Kuvert, das Schnecke, unser Briefträger, dem traurig am Flussufer sitzenden Biber unter die Nase hielt. Biber jedoch machte überhaupt keine Anstalten, den Brief an sich zu nehmen.

»›Biber, c/o Grossvater,
Gelbes Haus, Gelbes Land,
Erde, Sonnensystem, Milchstrasse,
Universun‹ –

das bist doch du, oder?«, fragte Schnecke, wedelte mit dem Kuvert und spuckte aus (wohl, weil ihm beim Anblick des Jausenapfels, der unangeknabbert neben Biber lag, das Wasser im Mund zusammengelaufen war). »Nein, bin ich nicht«, seufzte Biber. »Meine Adresse lautet:

›Biber, c/o Grossvater,
Gelbes Haus, Gelbes Land,
Erde, Sonnensystem, Milchstrasse,
Universum‹ –

Universu*m*, verstehst du?« Wieder senkte er den Blick, ließ den Kopf hängen. Und so: steckte Schnecke den Brief zurück in den Postsack, spuckte noch einmal aus und schlich dann von dannen – leise genug, um zu hören, wie Biber wimmerte: »Ich wusste, sie hat einen anderen.«

»Eine Mähmaschine?!«,

echote Biber ungläubig, nachdem ihm das Türmchen-Mädchen erzählt hatte, was es von seinem Onkel zum Geburtstag geschenkt bekommen hatte. »Um Himmels willen! Kannst du damit überhaupt umgehen?«
»Aber natürlich!«, lachte das Türmchen-Mädchen. »Was glaubst denn du?!«
Und in seinen sommertagshimmelblauen Augen ging, unwiderstehlich hell, die Sonne des Stolzes auf, als es, mit beiden Händen, über sein rosa Schürzlein strich und strahlend wisperte: »Das hier zum Beispiel habe ich ganz allein gemäht ...«

»Und hier, in dieser gelben Schachtel, ist mein Geburtstagsgeschenk für dich:

ein paar Radieschen«, sagte Biber.
»Ein Paradieschen!«, frohlockte das Mädchen.

# VI

# Frühstück mit Biber

Seitdem er denken konnte, träumte Biber davon, am Fluss zu frühstücken. Morgen für Morgen, wenn er, »pudel-, ja, bernhardinernass«, wie er sagte, am Flussufer stand und die Tröpflein auf seiner Haut in den Strahlen der Morgensonne rot erglitzerten, stellte er sich vor, wie unvorstellbar schön es wäre, hätte er heute Morgen, wie jeden Morgen, in seiner Badevorfreude *nicht* darauf vergessen, die Jause, die Großvater gewiss für ihn bereit gestellt hatte, an den Fluss mitzunehmen …

Er sah sich in ein Semmelchen beißen, sah sich Malzkaffee schlürfen, Haferbrei löffeln – ja, er sah es nicht nur, sondern hörte es auch, hörte die Semmel krachen, roch den Kaffee, spürte, wie der Brei warm auf der Zunge schmolz – und wenn, wie jeden Morgen, Briefträger Schnecke just jetzt vorbeischlich und den nackt, mit verzücktem Blick ins Nichts beißenden Buben fragte: »Na, wie schmeckt's?«, dann entsprach Bibers Antwort, wie verträumt sie auch wirken mochte, voll und ganz der Wahrheit:

»Phantastisch!«

# Der Zauberberg

Manche Sachen haben einen Haken, wenn sie keinen haben – Vorzimmerwände zum Beispiel –, und da die Wände im Vorzimmer des gelben Hauses just jenen Haken hatten (keinen), legten wir Buben jedes Mal, wenn wir das Haus betraten, unsere Zipfelmützen, Anoraks oder was immer wir auch gerade an beziehungsweise bei uns trugen (Taucherbrillen, Tomahawks, Apfelbutzen …) oben auf das siebenstöckige Schuhregal, das hinter der Eingangstür stand.

Großvater, der unser Aufräumhäuptling war (wir Buben hatten ihn in diese ehrenvolle Position gewählt), pflegte beim Anblick des immer nur größer, nie kleiner werdenden Kleider- und Kramurihaufens laut aufzuächzen, trug aber auch sein Scherflein dazu bei. Schließlich war er es, der den Garten aufräumte – und wohin bloß mit all dem Zeug (Flossen, Speere, kaum angeknabberte Äpfel …), das jeden Abend wieder in der Wiese verstreut lag?

Und so kam es, dass Biber, wenn er morgens zum Fluss aufbrach, seine gelbe Badehose, von der er nur noch wusste, dass er sie gestern »irgendwo draußen« abgestreift hatte, nicht erst mühsam im taunassen, nacktschneckenübersäten Garten suchen musste – nein: Sie leuchtete ihm schon – was, wie er sagte, »national nicht erklärbar« sei – im Vorzimmer, vom Gipfel des Krimskramsbergs (aus Fahrradschlauchbooten, Marterpfählen, Apfelbäumen …), entgegen.

»Juhu«, rief er dann, »ich kann zaubern!«

# Grammatik

Niemand freute sich mehr über Bibers Geistesblitze als er selbst.

»Wisst ihr, was ich eben herausgefunden habe?«, rief er etwa, mit einem Mal euphorisiert, beim Frühstückstisch – und ohne auch nur ein geschmatztes »Nein« abzuwarten, sprudelte es schon aus ihm heraus: »Es gibt auf der Welt keine verbisseneren Feinde als wie Begeisterung und Grammatik!«

## »Ein Blatt Papier ist erstaunlich gross«,

sagte Biber eines Morgens, als wir, die Buben, nach dem Frühstück gemeinsam zeichneten. »Wenn es *leer* vor mir liegt, dehnt es sich immer weiter aus – sodass ich mir gar nicht mehr vorstellen kann, wie es je gelingen soll, diese riesige weiße Wüste mit Zeichnungen, Zahlen oder gar Buchstaben vollzufüllen … Und ihr? Könnt ihr euch das auch nicht vorstellen?«

»Ja.«
»Mhm.«
»In der Tat.«
»Auf jeden Fall.«
»Gewiss.«
»Amen.«

»Hm«, entgegnete Biber nachdenklich. »Hättet ihr korrekterweise nicht sagen müssen:
›Nein‹;
›M-m‹;
›Kaum‹;
›Keinesfalls‹;
›Sicher nicht‹;
›I wo‹?«

»Ja.«
»Mhm.«
»In der Tat.«
»Auf jeden Fall.«
»Gewiss.«
»Amen.«

»Eben«, schloss Biber zufrieden. »Ich wusste, ich habe recht.«

»Hier«, sagte Biber, während er den gelben Fleck auf dem Köpfchen unserer (unter dem Frühstückstisch Frühstücksreste frühstückenden) Katze kraulte, »scheint die Sonne hinein … Und hier«, dozierte er – nun das gelbe Ende ihres Schwanzes hochhaltend –, »kommt der Sonnenstrahl wieder heraus.«
»Warum leuchten dann beide Flecken gleichzeitig?«, schmatzte einer von uns.
»Das tun sie doch nicht – es *scheint* nur so«, antwortete Biber. Und, nachdenklich in die Spätsommersonne blinzelnd: »Daran seht ihr wieder einmal, wie unvorstellbar schnell sich das Licht fortbewegt!«

## »Wenn man doch ein Neandertaler wäre«,

seufzte Biber eines Morgens schon sehr spät im Spätsommer, als er mit uns, den anderen Buben, fröstelnd am Flussufer stand.

»Warum das denn?!«, bibberte einer von uns.

»Weil Großvater sagt: ›Die Neandertaler lebten von vor hundertsechzigtausend bis vor dreißigtausend Jahren‹ – das heißt«, antwortete Biber, trübsinnig in das vor lauter Laub ganz trüb gewordene Wasser blickend, »sie wurden hundertdreißigtausend Sommer alt …«

»Der Herbst ist eine Sache des Glaubens«,

sagte Biber – während er aus dem Anorak schlüpfte, um in den Fluss zu springen.

# Gespräche über Bäume
oder
# Die Tage galoppieren davon wie Wildschweine über die Hügel

»Alles, was ich weiß«, sagte der Waldläufer, während er stocksteif da stand und sein langes, zottiges, moosüberwachsenes Haar im Wind fliegen ließ, »habe ich von den Bäumen gelernt.«

»Wenn im Herzen des Auwalds, im Herzen der Finsternis, sozusagen, ein Baum umfällt – welches Geräusch macht er dabei?«, fragte der Waldläufer.
»Keines!«, antwortete Biber.
»Und warum macht der Baum kein Geräusch?«, fragte der Waldläufer weiter.
»Weil niemand dort ist, der es hören könnte!«
»Und warum geht niemand dorthin?«
»Weilweilweil ...« Biber hämmerte seine Faust an die Stirn, dass es nur so schepperte – doch der Groschen fiel nicht ...
»Du musst immer *logisch* denken!«, ermahnte ihn der Waldläufer. »Stell dir vor: ein in völliger Finsternis liegender Ort, an dem die Bäume ohne einen einzigen Laut umstürzen – das ist doch viel zu gefährlich!«

# Fichte

Nachdem unser Besuch, der Waldläufer, den ganzen Nachmittag lang (oder länger?) im Schatten der Tanne gesessen war, nachdem er Tannennadeln (mit Tomatensauce) gegessen, Tannennadeln (mit Apfelsaft) getrunken und sich mit einem Tannenzweig die Zähne geputzt hatte, lehnte er sich zurück (an den Tannenstamm), schaute verträumt nach oben (in Tannenzweige, Tannenzapfen, Tannennadeln) und sagte (mit – immer noch! – tannengrünen Punkten zwischen den Zähnen): »Das ist wirklich eine schöne Fichte, die ihr da habt.«

»Das nennst du eine ›Leiter‹?!«,

prustete der Waldläufer los, als Biber ihm das siebensprossige Ding zeigte, auf dem er zum Vogelhäuschen in der großen Tanne hochzuklettern pflegte. Lachend schüttelte er den Kopf. »Das ist doch keine ›Leiter‹ … *Das*«, tönte er und deutete dabei in eine ganz andere Richtung: weg von der Tanne, nach oben, über sich hinaus, »*das* ist eine Leiter!«
Wir machten große Augen – aber wie weit wir sie auch aufrissen: dort, wo der Waldläufer hinzeigte, war nichts, aber auch rein gar nichts zu sehen – nichts außer ein paar Wolken, blauem Himmel und einem Schmetterling, der auf den Schmetterlingsbaum zutanzte – nichts jedenfalls, was einer Leiter, wie riesig diese auch gebaut sein mochte, auch nur im Entferntesten geähnelt hätte …

»Ich weiß schon«, wiegelte unser Gast die ringsum schüchtern aufkeimenden Proteste ab, »meine Leiter sieht nicht nach besonders viel aus. Aber betrachtet es doch einmal von dieser Seite: Sie ist so lang, dass nicht nur niemand sagen kann, wo sie hinführt, sondern auch niemand weiß, wo sie eigentlich anfängt …
Und außerdem«, fügte er, nach einer Denkpause, in der er sich verträumt am Rauschebart kratzte, hinzu, »außerdem müsst ihr Folgendes bedenken: Wenn man erst einmal auf der Leiter hinauf-, sprich: über sie *hinaus*gestiegen ist, kann man sie ja ohnehin wieder wegwerfen. Wozu also überhaupt aufstellen – versteht ihr?«

»Meine Badehose ist so leicht wie Spinnwebe –

man sollte glauben, man hat nichts auf dem Körper, aber gerade das ist die Schönheit dabei«, sagte der Waldläufer, als er, um sein allwöchentliches (allmonatliches? alljährliches?!) Bad zu nehmen, an der kreischenden Türmchen-Tante vorbei Richtung Fluss schritt.

»Der Entenjäger

ist mein einziger *wahrer* Freund«, sagte der Waldläufer. »Hört ihr? Er spricht mit mir.« Wir spitzten die Ohren, aber: »Da quaken nur Enten«, antwortete Biber. Unser Gast schmunzelte:

»Der Entenjäger

imitiert ja das Quaken der Enten – mit seiner Entenflöte!« »Hm«, machte Biber – und »Hm«, machte ich – und »Hm«, machten, einer nach dem anderen, auch alle anderen Buben. »Wenn

der Entenjäger

quakt wie eine Ente – kann man *sein* Quaken denn dann überhaupt von dem der *Enten* unterscheiden?«, wagte Biber schließlich zu fragen. Der Waldläufer verneinte. »Mein Freund,

der Entenjäger«,

schwärmte er, »ist ein Meister seines Fachs. Er quakt wie eine Ente, lebt wie eine Ente, und ich nehme an, dass er sogar wie eine Ente aussieht …« »Was?!«, entfuhr es Biber (während

der Entenjäger,

offenbar irgendwo in der Uferböschung hockend, weiter und weiter quakte), »hast du ihn etwa nie gesehen?« Der Waldläufer schüttelte seinen Zottelkopf. »Mein Freund wäre wohl kaum

***der*** Entenjäger,

der er ist, wenn er seine Deckung aufgeben würde, oder?«, gegenfragte er schelmisch. »Aber waakrum«, gegengegenfragte Biber (der nun, wohl aus Verwirrung, selbst bereits quakte wie

der Entenjäger),

»warum«, verbesserte er sich schnell, »nennst du dann diesen Mann (der doch immer nur quakt!, den du noch nie *wirklich* gesehen hast!) deinen ›einzigen wahren Freund‹?!« »Na, weil

der Entenjäger

immer mit mir spricht – immer und überall, und wenn ich noch so tief, noch so fest im Auwaldschlamassel drinnen stecke«, antwortete der Waldläufer. Er lächelte. »Da, hört ihr?«

## »Übertreibt es nur nicht!«,

rief uns der Waldläufer hinterher, als wir, die Buben, Richtung Uferböschung liefen, um dort Verstecken zu spielen.
Und obwohl ihn niemand mehr hören konnte (und ohnehin niemand auf ihn gehört hätte), fügte er noch, furchtbar leise, hinzu: »Am Ende könnt ihr euch selbst nicht mehr finden …«

»Die Tage galoppieren davon wie Wildschweine, äh, Wild*pferde* über die Hügel«,

seufzte der Waldläufer, als er, am letzten Abend seines Besuchs, der Sonne beim Untergehen zuschaute. Er zog die Kapuze über seinen Kopf, steckte die Hände in die Ponchotaschen und blieb, den Blick noch immer starr auf die im Blau der Nacht abtauchenden Grashügel westlich des gelben Hauses gerichtet, stocksteif stehen – als wäre er, der groß und dunkel im noch größeren, noch dunkleren Tannenschatten stand, selbst ein Baum: herzwurzelfest mit der Erde verbunden, sodass nichts und niemand, nicht einmal eine Horde der wildesten Wildpferde (oder gar -schweine), ihn je von hier fortziehen könnte. Aber das schien nur so.

»Wenn man doch ein Indianer wäre«,

seufzte da Biber, der neben dem Waldläufer unter der Tanne stand. Ein Wind kam auf, die Tannenzweige wallten auf und malten Biber schnell über ihn hin huschende Schatten auf die Haut – und in den Augen des Waldläufers (der sich, um zu Biber hinüberzuschauen, nun *doch* bewegt hatte) sah es so aus, als ob der Bub, der (ganz im Gegensatz zu ihm!) in Wirklichkeit ja überhaupt nicht von hier fort musste, gerade eben aufgebrochen wäre: als ritte er, als setzte er, über den Hals eines Wild-, nein, *Wind*pferds gebeugt, über den Gartenzaun hinweg, auf das Grasland hinaus, auf die Hügel zu, ihnen nach … Aber auch das war nur scheinbar.

»Eine gute Leiter muss lang, eine gute Rede aber kurz sein!«,

sagte der Waldläufer, als er – nach Tagen? Wochen? Monaten? – endlich beim Schlusswort seiner Abschiedsrede angelangt war …

Er nahm einen letzten Schluck Apfelsaft, stand vom Tannentisch auf, schulterte seinen Rucksack, zog seinen Wanderstock aus Großvaters Bohnenbeet (wo er bereits Wurzeln geschlagen hatte …) und hob (tatsächlich!) langsam, aber doch, seinen linken, in einer Art Mokassin steckenden Fuß, um jetzt, *jetzt!*, den allerersten Schritt zurück in Richtung Auwald zu tun – als Bibers Stimme schrillte: »Warum denn das?«

»Warum denn was?«

»Warum muss eine gute Leiter lang, eine gute Rede aber kurz sein?«

Und schon steckte der Stock, tiefer denn je, wieder im Beet, lag der Rucksack, vergessener denn je, unter dem Tisch, saß der Waldläufer, als wäre er nie weggewesen, auf der Bank, schenkte sich ein, so tüchtig wie noch nie, und sagte: »Die Antwort auf deine Frage ist eine Geschichte – und zwar, um genau zu sein, eine sehr, sehr lange und sehr, sehr komplizierte Geschichte. – Könnte ich noch einmal die Tomatensauce haben, bitte? Ja, ja, gleich aus dem Topf … Macht nix, ich hab ja die Finger, hehe … Danke. (Mmmh … Mpf … Mpf …) – Alscho, hör tschu …«

# Die fünf Jahreszeiten
# oder
# Die Zeiger von Grossvaters Uhr

Im Sommer lehnte Großvater das Fahrrad, mit dem er im Dorf gewesen war, gegen den Stamm der Tanne. Dort stand es dann, niemandem, nicht einmal den Ameisen im Weg, bis es

im Herbst der erste Sturm ins Laub schmiss. Biber kam aus dem Haus gelaufen, richtete es auf, klappte den Fahrradständer aus und bohrte ihn, wie einen Anker, tief ins Moos. Als dann

im Winter, unterm Schnee, die Erde fror, gab das festen Halt. Mochte auch Väterchen Frosts Wolkenkogge knapp über unseren Garten brausen, das Rad hielt Stand: wie eingemauert. Erst

im Frühling, als der Boden, vor Schmelzwasser weich wie Tomatensauce, nachgab, kippte es um, plumpste es in den Schlamm – woraufhin Großvater, der eben jätete, jäh einfiel, was er

im Sommer vorgehabt, aber vergessen hatte: das Rad in den Schuppen stellen … »Das nächste Mal«, murmelte er. Er hob es auf, putzte es ab, schwang sich hinauf und fuhr damit ins Dorf.

# »Das gelbe Land«

Im Frühling blühten erst die Schlüsselblumen, dann der Löwenzahn, dann der Ginster – dann flatterten die blassesten der Blüten, gelb wie der Schwarm Zitronenfalter, der sie waren, von den Stängeln herab, über die blütenstaubgelbe Wiese hinweg auf die Äcker hinüber, auf denen

im Sommer, der jedes Jahr früh kam, das gelbe Meer wogte: Raps, Sonnenblumen, Weizen. Marillen blinkten von den Bäumen, Kirschkerne bleichten in der Sonne, Zucchiniblüten öffneten sich in der Abenddämmerung und funkten ihr gelbes Lichtsignal zu den Sternen. Bis

im Herbst dann endlich all das Gelb geerntet war, bis alle Erdäpfel ausgegraben, alle Kürbisse eingeklaubt und alle Nuss- und Maronenpanzer aufgebrochen waren, verging viel Zeit … Erst dann, wenn auch das allerletzte all der gelben Blätter unseren Fluss hinabgeschwommen war,

im Winter also, wenn wir, die Buben aus dem gelben Haus, Abend für Abend vor dem Ofen beisammen saßen, wagte man es zu sagen: »Der Sommer ist vorbei.« – Das Feuer flackerte, der Kindermet dampfte, die Seiten des Buchs, aus dem Großvater vorlas, schimmerten gelb

im Kerzenschein – als Biber, der lange, womöglich *zu* lange, in die Flammen gestarrt hatte, urplötzlich auffuhr und, mitten in Großvaters Vortrag hinein (ich glaube, es ging um Jahreszeiten), folgende Frage stellte: »Großvater, warum heißt unser Land ›das gelbe Land‹?«

# Zwei Schiffe

Im Sommer lagen die Felder gelb, gelb wie das gelbe Haus, um unser Haus, und wenn der Postbus in der Ferne, die gelb über den Feldern flirrte, gelb durch den gelben Weizen glitt, meinten wir oft, wir sähen keinen Bus, sondern – zumal man, wegen des Weizens, nichts von den Postbusreifen sah – ein Schiff: ein gelbes Schiff in einem gelben Meer … Im Winter aber,

da es, wenn der Postbus fuhr, immer noch (oder schon) finster war, sah man nur seine Lichter – weiße Scheinwerfersterne, rote Bremslichtkugeln –, und Biber, der das Schwören liebte, schwor jeden Advent wieder, wie er sagte, »Stein und Bein«, er habe, schwer beladen und mit allerlei Christbaumschmuck behangen, Väterchen Frosts prächtige Wolkenkogge gesehen …

# »Stille Nacht«

Im Sommer, wenn es heiß war, war alles zu laut. Die Wolken, deren Schatten uns keine Kühlung mehr brachten, waren zu laut, und die Schmetterlinge, die wir, wenn wir ins Wasser flüchteten, am Flussufer aufscheuchten, waren zu laut, und auf den Feldern, dem weizengelb-kornblumenblau flimmernden Meer, aus dem die Rehe wie Delfine sprangen, hockten Millionen von Heuschrecken, rieben ihre Flügel aneinander und imitierten damit, lauter noch als der größte, stärkste Elektrozaun, das ohrenbetäubende Geräusch der Stille. Im Winter aber

wurde es *wirklich* leise. Erst verstummte die seit Frühling dahinplätschernde Unterhaltung zwischen Fluss und Ufer (wegen des Eises), dann das Getuschel der Grashalme (im Schnee), dann lag das Schweigen von Heiligabend über dem gelben Land … Nur die Schuppentür, die ab minus zehn Grad knarrte, knarrte; nur der Wetterhahn auf dem Giebel, der ab minus fünfzehn quietschte, quietschte; nur wir, die Buben aus dem gelben Haus, hüpften um das von Großvater mit Strohsternen und Äpfeln aufgeputzte Tännchen – und sangen, johlten, brüllten

»Stille Nacht«.

brauchte Großvater kein Thermometer. Er schaute einfach nur kurz aus dem Fenster – und schon hatte er jene Antwort parat, die wir, die Buben, von einem nackten Fuß auf den anderen hüpfend, bereits voller Spannung erwarteten: »Strumpfhose!« oder: »Keine Strumpfhose!« (denn das war, zumindest an einem Wintermorgen wie diesem, die Frage). – »Ich frage mich,

wie er das immer macht«, flüsterte Biber, als wir – an einem Wintermorgen wie diesem – in unsere Strumpfhosen schlüpften. Während wir anderen nur mit den Achseln zuckten, trippelte er, neugierig wie er war, noch barfuß zum Fenster, drückte die Nase gegen die Scheibe und murmelte dann, erstaunt und entrüstet: »Vor lauter Eisblumen kann man ja gar nichts sehen!«

# Im Winter

Im Winter war das gelbe Land farbenfroh wie ein alter Film: Krähen über Raureiffeldern; schwarzes Flusswasser, das Eisschollen führte; schwarzes Brennholz, aufgestapelt im Schnee.

Im Winter schienen alle Farben tot – vom Feld geschnitten, vom Baum geblasen, zugeschneit –, als wäre »das gelbe Land« tatsächlich nicht mehr als ein Name, und nicht: die Wirklichkeit.

Im Winter sei es mit den Farben, sagte Biber, so, wie mit den Tieren: »Sie sind nicht richtig tot, sie halten nur Winterschlaf.« Wo? »Na, auf Großvaters Komposthaufen!« – Und wirklich:

Im Winter, wenn das gelbe Land nicht gelb war, leuchtete das Durcheinander aus Kürbis- und Apfelschalen, die Großvater hinter dem Haus entsorgte, in unseren Augen wie ein Feuerwerk.

Im Winter nahm Biber Großvaters großvateralten Fotoapparat und fotografierte den Haufen. Im Frühling hielt er das Bild, endlich entwickelt, in Händen: matt, rechteckig, schwarz-weiß.

# Im gelben Garten

Immer, wenn die Katze drinnen, in Bibers Bett, auf Bibers Bauch lag und schlief, landete die Amsel im gelben Garten.

Oft gesellten sich ein paar Mäuse zu ihr, machten laut fiepend auf sich aufmerksam und traten träge aus dem hohen Gras.

Manchmal stieg auch das Eichhörnchen von seinem Tannenkobel herab, hüpfte ans Haus heran, bis ins Vorhaus hinein, wo es dann, die Augen geschlossen, an einer riesigen, moosweichen Nuss knabberte.

Selten, aber doch, beehrten sogar die Flussufertiere den Garten: Eidechsen, Wasserratten, Frösche – ja, selbst eine Äsche oder eine Forelle mochte, in allen Schlammfarben schillernd, aus den Tiefen des Humus ans Tageslicht brechen.

Nie, wirklich nie, *niemals*, war es bei uns, im gelben Garten, schöner – als wenn die Katze ihn träumte.

# Im Paradeiserwald

Im Herzen des Tomatendschungels (und von diesem, wie Biber sehr strengen Blickes bemerkte, nur mit dem Blick des Kenners zu unterscheiden) lag unser Paradeiserwald. Wann immer wir

im Bauch jenes sanfte Zwicken verspürten, das zwar ein Appetit, aber kein Hunger war; wann immer wir uns schon recht schläfrig, aber noch lange nicht müde fühlten; oder auch, wenn es,

im Juli etwa, mittags so heiß wurde, dass (wie Biber am Schatten erkannte) unser Tannenriese zum Zwerg schrumpfte: gingen wir in den Paradeiserwald – und legten uns unter die Stauden.

Im Bauch eines Wals war es wohl kaum schattiger, am Meeresgrund nicht abgeschiedener … Und während wir uns in der Erde suhlten, während die Blätter raschelten, ja, *rauschelten*, und

im Herzen jener Frieden herrschte, den nur der Duft von Paradeiserstauden zu stiften vermag: wuchsen die Früchte des gelben Gartens – langsam, ganz langsam – in unsere Münder hinein.

Die Zeiger von Grossvaters Uhr

leuchteten im Dunklen. Das gab natürlich nur ein kleines Licht – nicht zu vergleichen mit den Kerzenflammen, in deren Schein uns Großvater manchmal, am Abend, wenn wir schon in den Betten lagen, aus *Winnetou* vorlas, dem Licht des Abendsterns oder gar dem des Mondes. Aber

die Zeiger von Grossvaters Uhr

leuchteten auch dann noch, wenn Großvater die Kerzen ausgeblasen hatte, sie leuchteten auch dann, wenn Mond und Sterne hinter Wolken steckten, wenn sie sich, wie Biber sagte, »unter *ihrer* Bettdecke verkrochen« hatten, »vermutlich aus Angst vor der Dunkelheit – wie wir.« Ja,

die Zeiger von Grossvaters Uhr

leuchteten in jenen Nächten, in denen nicht nur wir, die Buben aus dem gelben Haus, sondern das ganze gelbe Land, mit all seinen Häusern und Höfen, seinen Flüssen und Auen, seinen Feldern und Wäldern, unter der Bettdecke versteckt den Atem anhielten, sogar besonders hell.

Die Zeiger von Grossvaters Uhr

leuchteten, wenn man, von Schritten unterm Dach, von einem Rascheln aufgeschreckt, unter der Decke hervorlugte – wenn man, die Lider aufgebäumt, das Herz wild ausschlagend, in jenen Winkel Finsternis starrte, wo tagsüber Großvaters Bett gestanden war … Sagen wir so:

leuchteten nicht nur, sondern sie sagten auch, mit Großvaters Stimme: »Ich bin da.« Und das machte wohl ihre Leuchtkraft aus, die, laut Biber, »wissenschaftlich nicht nachzuweisen« war. – Es war ein ganz ganz kleines Licht. Und doch nahm es der Dunkelheit all ihren Schrecken.

# VII

## Anhang

## Zwei Inhaltsverzeichnisse

1

# 2

I Meister der Verkleidung: Identität und Differenz im gelben Land



II Wahre Grösse. Dimensionen – Wissenschaft des gelben Raums

(Usw.)

## Mottos

(bei Bedarf
auszuschneiden
und weiter vorne im Buch
einzukleben)

*Sie werden überrascht sein, wie viel mit einer Tautologie gesagt werden kann.*
C. West Churchman

*Es war mir nicht klar, ob ich das Problem gelöst hatte oder nicht, und ich war in der Tat nicht einmal überzeugt, dass es ein Problem gegeben hatte …*
Carlos Castaneda

*Nur die Fragen, die prinzipiell unentscheidbar sind, können* wir *entscheiden.*
Heinz von Foerst

*… was allen in die Kindheit scheint, und worin noch niemand war …*
Ernst Bloch

*… außen gelb, innen weiß, voller Sonne …*
Vincent van Gogh

*Crossing the bridge, going to Hoboken*
*Maybe over there, things ain't broken*
Bob Dylan

## Nachahmer

*»Schaut her! Schaut her!«, rief Biber, als er auf allen vieren neben der Katze herlief, »die Katze ahmt mich nach!«*
(*Das gelbe Buch*, S. 247)

Nachahmer dieser Art hat *Das gelbe Buch* im Laufe seiner langen und wechselvollen Entstehungsgeschichte (siehe S. 239) zahlreiche gefunden. Mehr oder weniger direkt aus ihm entnommene Zitate entdeckt man unter anderem in:

Fatih Akin: *Im Juli*;
Hans Christian Andersen: *Des Kaisers neue Kleider*;
Paul Auster: *Smoke*;
Jürgen Balmes und Thomas Kling: *Augensprache, Sprachsehen*,
Blixa Bargeld: *weilweilweil*;
Konrad Bayer: *karl ein karl;*
Gottfried Benn: *Menschen getroffen*;
Jorge Luis Borges: *Jemand* und *Kafka und seine Vorläufer*;
Bertolt Brecht: *An die Nachgeborenen*;
Emily Brontë: *Sturmhöhe*;
*Buch Kohelet*;
Charles Bukowski: *The Days Run Away Like Wild Horses Over The Hill;*
Ivan Cankar: *Frau Judit*;
Lewis Carroll: *Alice hinter den Spiegeln*;
Raymond Chandler: *Der lange Abschied*;
Gilbert Keith Chesterton: *Die Ehre des Israel Gow*;
Joseph Conrad: *Herz der Finsternis*;
John Cornell, Paul Hogan und Ken Shadie: *Crocodile Dundee*;
Philip K. Dick: *Der dunkle Schirm*;
Bob Dylan: *Chronicles Vol. 1*;
*Es waren zwei Königskinder*;
Heinz von Foerster: *Ethik und Kybernetik zweiter Ordnung* und *Kybernetik der Kybernetik*;
Heinz von Foerster und Ernst von Glasersfeld: *Wir wir uns erfinden*;
Stefan Gmünder: *Houellebecq ist tot, es lebe Houellebecq!*;
Vincent van Gogh: *Brief an Theo (470)*;

René Goscinny und Albert Uderzo: *Asterix, der Gallier*;
Jakob und Wilhelm Grimm: *Sneewittchen*;
Ernest Hemingway: *Inseln im Strom*;
Hermann Hesse: *Klein und Wagner*;
Klaus Hoffer: *Indien ist größer als die Welt*;
Hugo von Hofmannsthal: *Ein Brief*;
Ernst Jandl: *die morgenfeier*;
Franz Kafka: *Das nächste Dorf*, *Die Bäume*, *Ein Traum*, *Erstes Leid* und *Wunsch, Indianer zu werden*;
Ruth Krüger: *weiter leben. Eine Jugend*;
Peter Kunstadter: *Bei den sanftmütigen Lava in Thailand*;
Alberto Manguel: *Im Spiegelreich*;
Thomas Mann: *Der Zauberberg*;
William Somerset Maugham: *Der Büchersack;*
Jacques Lacan: *La mort est du domaine de la foi*;
Karl May: *Winnetou*;
Pablo Neruda: *Liebessonett XCIV*;
Conor Oberst: *Ladder Song*;
Rainer Maria Rilke: *Herbsttag*;
Platon: *Phaidros*;
Leo Nikolajewitsch Tolstoi: *Hadschi Murat*;
Lucius Annaeus Seneca: *Vom glücklichen Leben*;
Ivan Sergejewitsch Turgenjew: *Kasjan von der Krasivaja Meč;*
Andreas Unterweger: *Das kostbarste aller Geschenke*, *Du bist mein Meer* und *Wie im Siebenten*;
Thornton Wilder: *Unsere kleine Stadt*;
Ludwig Wittgenstein: *Tractatus logico-philosophicus.*

(Wenn ich mich nicht irre, ähneln die unterschiedlichen Stücke, die hier aufgelistet sind, dem *gelben Buch*; wenn ich mich nicht irre, ähneln sich nicht alle untereinander.)